U0609879

百花谭文丛

书鱼繁昌录

谢其章

天津出版传媒集团

百花文艺出版社

图书在版编目（CIP）数据

书鱼繁昌录 / 谢其章著. --天津：百花文艺出版社,2016.1（2017.5重印）

（百花谭文丛）

ISBN 978-7-5306-6754-5

Ⅰ.①书… Ⅱ.①谢… Ⅲ.①散文集-中国-当代 Ⅳ.①I267

中国版本图书馆 CIP 数据核字（2015）第 263717 号

选题策划:叶立钊　徐福伟　　整体设计:郭亚红
责任编辑:郑　爽　　　　　　责任校对:陈　凯

出版人:李勃洋
出版发行:百花文艺出版社
地址:天津市和平区西康路 35 号　邮编:300051
电话传真:+86-22-23332651（发行部）
　　　　　+86-22-23332656（总编室）
　　　　　+86-22-23332478（邮购部）
主页:http://www.baihuawenyi.com
印刷:唐山新苑印刷有限公司
开本:787×1092 毫米　1/32
字数:129.6 千字
印张:8.625
版次:2016 年 1 月第 1 版
印次:2017 年 5 月第 2 次印刷
定价:39.00元

序

　　起这个书名，想了很久。前几天网络上称董桥又有新书将出，书名《读书人家》，听说也是想了很久。以"三军易得，一将难求"比喻起书名，似乎不大离谱。起书名本身并非什么难事，难易程度取决于书的内容。我觉得小说和随笔最好取名，诗集也好取，全集更好取，《鲁迅全集》《斯大林全集》，想都不用想，一点儿难度也没有。偏偏我写的这类体裁，有条不成文的规矩，书名里必须要镶进去一个"书"字。最极端的书名是民国藏书家周越然想出来的，他的书《书　书　书》，一个"书"不够，还连用三个，既空前亦绝后。多数的书名是平庸的，如《书林秋草》《书海夜航》《品书录》《书之爱》，等等。相比平庸，我更烦"书香"二字，拿来做书名，也许只有中国人想得出来。

周越然对于为何将书命名为《书　书　书》有过一番解释："余本拟以'某某读书志'为题，后见其中所包含者，'闲'书过多，'正'书过少，未免太偏，故改用今名。"我理解这段话里的"闲书""正书"，是否还另外含有"闲话"与"正话"的意思。周氏的笔调一向有别于传统藏书家，他说的一些话，周叔弢们是绝说不来的。周越然最过分的言论是商榷古书版本时公然喊出的"寡妇野鸡"论，幸亏当年玩版本的只是一小撮儿，未形成大范围的骂仗。周氏对于书商也是没有好话的，但是比起周肇祥的破口大骂（"厂肆俗贩，性质几如一母所生。稍数过之，则鬼蜮无所不至，一经拒绝，则又觍颜相就，纯是一种诈伪行为。或谓若辈身有贱骨，投之豺虎，亦所不食。其言虽苛，亦可见其恶习之入人深矣"），周越然显然是客气的："'书估'者，售书人也，恶名也，另有美名曰'书友'。黄荛圃题识中两名并用，但有辨别。得意时呼以美名，爱之也；失意之时，则以恶名称之，贱之也。"我曾说过，书商属于"离不了，惹不起"的行当。

我现在已经用不着和书商面对面打交道了，他们给我留下的好印象或坏印象，通通不重要了。风轻云淡，偶尔拿起某书会想起买它时的情形，"心头不禁略为回环片刻耳"(谷林语)。

不与书商打交道，并不是说连书也不去买了。现在不论新书旧书，我多是在网络上交易，虽然卖你书的还是书商，毕竟免掉了面对面交锋的尴尬。张爱玲这句话最是说到我心坎上："在没有人与人交接的场合，我充满了生活的欢悦。"

近年，经常有朋友劝我"卖书"，好像我已经到了"及身散之"的一把岁数。虽然已不年轻，可是总感觉七老八十离我尚远。有位朋友劝我卖书的理由是"趁现在行情好"，我明白他的好意，因为他门儿清我书资的来源。我跟他讲，我终于想通了"买与卖"的辩证关系。如果卖书，那就必先断了买书，总不能一边还在买书一边又在卖吧，倒腾着玩呢？断不了买书之欲望，就不要考虑卖书之念头。

我不卖书，还有一个主要原因，是我还在写东西。写东西就得用到书，内人经常动员我："你先卖些用不着的书。"这就是外行话了。写作进行时，电光石火，你根本无法预知会用到哪本书。止庵先生坚持书柜里码书码成单排，也许怕的就是写到关键处需要找书查资料而不好找。本书里《自编自演之"南玲北梅"》里引用的《追求》，多烂的杂志呀,可是缺了它,这篇文章就写不下去。我是现写现从网络上买来的,我家若是原来存有《追求》,恐怕也早就卖废品了。

还是洋人说得明白:"在形成和扩充收藏的过程中,随着藏品的不断增加,如何控制藏品的总量,这几乎是每个收藏家都必须面对的重要问题。清理固然是个办法,但可惜收效甚微。沿着书架走一遍,把没用的'不重要的'书抽出来,这第一步所获得的战果就小得可怜,第二步把这些书放进书箱准备搬走时,战果又会更见其小:唉,这本书曾经多么重要,真不该处理掉;那本书是 Y 送的,扔了也太没心没肺了;还有这本,说不定什么时候……要是想这样为新藏品腾出空间,走不了多远就得停下来。把已经收集完整的藏书整套卖掉,这倒是一剂猛药,但一般只有非常成熟的藏书家才能做得到。"

一直记得这个故事,它使我明白了"事到万难须放胆"的道理。姜德明先生在《卖书记》里说:"大概人到了绝望的程度,也就什么都不怕了。这一次,我也不知道何以变得如此冷静和勇敢。我准备迎受书所带给我的任何灾难,一动也未动。相反地,静夜无人时,我还抽出几本心爱的旧书来随便翻翻,心凉如水,好像忘记了外面正是一个火光冲天的疯狂世界。"我经历过"文革",如今再难,难得过那个时候吗?

二〇一四年六月八日

目　录

辑　一

001

辑 二

辑 三

辑 一

毛边书的前世今生

谈毛边书需要先谈它的定义。由于现代的铅印平装书对于我们来说是舶来品，而线装书才是我们的专利，所以谈起毛边的定义，还是得遵从西方的说法。法俄英德称毛边书为"未切本"，定义是"书籍出版后，有经装订而书页尚未切开的，称为'未切本'，在法文书中甚为流行"。我们叫习惯了的"毛边书"里的"毛"，实际就是西方定义的"未切边"——"书或杂志常有折页尚未切口的，此边称之为'未切边'"。

说起来，毛边书实属图书装帧的范畴，是装帧的手段之一，如同封面、扉页、字体、行距、插图一样，它们共同完成了一本书的外观和内在。只不过读者习惯了切边本，看到毛糙糙的没有裁开的书页很是怪异，他们通常会说："这本是个废品吧，你瞧连页还没裁开呢。"实际上，读者没有

《语丝》毛边本

郁达夫《日记九种》毛边本

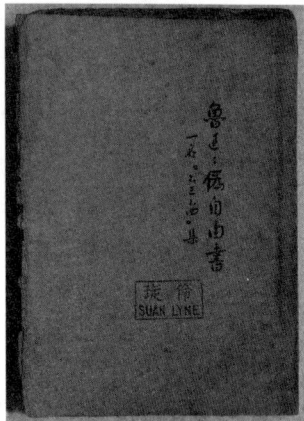

鲁迅《伪自由书》毛边本

说错,将书边裁齐是印书车间的最后一道工序,除非作者特别嘱托了"别裁边",工人们是不会忘了这"最后一刀"的,忘了就是废品。一个世纪以来,喜欢毛边书的人群乃"小众里的小众"。

从上世纪八十年代至今,毛边书热了三十来年了,但是如今谈起毛边书来,好像仍然处于启蒙阶段,仍然得ABC地从头谈起,这个A就是鲁迅先生。说毛边书,鲁迅是绝对绕不过去的一号主角。鲁迅关于毛边书的经典语录被无数次地提及,现在依然如此。

鲁迅先生曾自称"毛边党",他与周作人合译的《域外小说集》初版就是毛边本,如今已成珍罕书籍。他曾在一九三五年四月十日写给曹聚仁的信中说道:"《集外集》付装订时,可否给我留十本不切边的,我是十年前的毛边党,至今脾气还没有改。但如麻烦,那就算了,而且装订作也未必肯听,他们是反对毛边的。"

此事是指《集外集》的付印,大概曹聚仁筹划此事,所以才会有先生的叮咛。在同年的七月十六日,鲁迅先生给萧军的一封信中同样说到毛边书的问题:"许(指许广平)谢谢你送给她的小说,她正在看,说是好的。切光的(指小说《八月的乡村》,此书有毛边本)都送了人,省得他们裁,我们自己是在裁着看。我喜欢毛边书,宁可裁,光边书像没有头发的人——和尚或尼姑。"

鲁迅的兄弟周作人也对毛边书有着精辟的见解。周氏兄弟所办的《语丝》杂志是非常有名的刊物,在一九二七年四月的那期(第一百二十九期)上,有位青年读者方传宗给周作人写信询问"毛边装订的理由"。方说:"近来毛边装订书的制出真是风行一时了:北新啦,创造社啦,光华啦,开明啦等书局最新出版的书籍几乎都是毛边装订的。"这口气分明是对一窝蜂的毛边书热的不满。方抱怨道:"若说阅读时带着一把小刀是富有艺术意味,那更是不值一驳的一句牵强话!"方向周作人求助:"岂明先生,你是留心我们青年种种问题的人,好在《语丝》也并不是那一类毛边装订的书,那我才敢大胆地向你提出我的意见,求你公开解决我们对于读那类书的时间上的损失(至少是我个人的损失);或者请你更详细地、满意地来解答毛边装订书的理由。但切不要以'此自古已有之'或'外国亦然'等敷衍话来塞责!"

令我想不到的是,当年毛边书初兴之时,会遭到如此猛烈的反对。这位方先生说《语丝》不做毛边,也许是他没看到,《语丝》也做有少量的毛边本,笔者收存了好几本呢。

有趣的是,我抄方先生的这段话就是从毛边《语丝》上抄来的。

周作人回复方先生,称毛边书有两个好处:"第一,毛边可以使书不大容易脏——脏总是要脏的,不过比光边的不大容易看得出。第二,毛边可以使书的'天地头'稍宽阔,好看一点。不但线装书要天地头宽,就是洋装书也总是四周空广一点的好看……至于费工夫,那是没有什么办法,本来读书就是很费工夫的,只能请读者忍耐一下子。"

热爱毛边书的一族虽然拥有鲁迅这面大旗,可是在民族危机频发的年代,这种小摆设的个人趣味,只有黯然地隐退到书房一隅,这一退便是半个世纪的光阴。

直到上世纪八十年代,国泰民安,毛边书热又悄然兴起,尽管依旧是文人趣味,但是赶上了全民收藏的热潮,毛边书沾了光,勃兴至今三十年,未见颓势。狂热之程度,参与之人数,均非二三十年代可比。

说起毛边书的第二次热潮,藏书家唐弢(1913 年—1992 年)居功至伟。唐弢的杂文风格酷似鲁迅,在上世纪三十年代他使用笔名"晦庵"发表杂文,居然被误认为鲁迅的又一个笔名。唐弢藏书多为新文学绝版书,自然地继承了鲁迅的爱好。唐弢说："我之爱毛边书，只为它美——一种参差的美，错综的美，也许是我的偏见吧：我觉得看蓬头的艺术家总比看油头的小白脸来得舒服。所以所购取的书籍，也以毛边的居多。"唐弢去世后，藏书捐给现代文学馆，现代文学馆出版了好几本关于唐弢藏书的图书，使毛边书爱好者可以一睹早期毛边书的风采。据最新消息，在香港的一场旧书刊拍卖会上，唐弢的签名本《晦庵书话》拍出了二万七千港币的惊人高价。

比唐弢稍晚一辈的藏书家姜德明、倪墨炎为第二次毛边书热起到推波助澜的作用。姜、倪所出作品都要留几十本毛边本，以赠同好。二十年前我初涉猎书之事，听说到了"毛边书"这个专业词，那是从唐弢、姜德明这一代新文艺藏书家写的书里得知的，感觉这真是很了不起的一种书。唐弢先生我没见过，他去世的那一年（一九九二年），我开始给姜德明先生写信，一封接着一封地写。姜先生当时已写了文章《告别"毛边党"》，文中说由他编撰的《北京乎》出版时曾留有几十册毛边本，寄给了朋友。孙犁给他写信说："从昨天上午收到你惠寄的书，就开始了裁书的工作，手眼跟不上，直到今日上午才把两册裁完。这当然是雅事，不过也耽误先睹为快的情绪。心急读不了毛边书，这就是结论。当年鲁迅提倡,然而'毛边党'后来没有普及,恐怕就是这个缘故吧?"孙犁的话给姜先生提了个醒,至少毛边书对于老年读者不适宜。孙犁说得很对,"先睹为快"是一本好书对读者的召唤,而毛边阻隔了阅读的快感。当一本书失去阅读的快感,它的外形再奇特也没有实际的意义,也就是一向所说的"徒有其表"。

我认识的几位资深"毛边党"(对深度毛边书痴爱者的称谓),都有一个共同的约定,新入手的毛边书只为收藏,绝不会裁开来阅读,如果阅读的话就会另外买一本,并美其名曰"一本藏,一本读"。对于上世纪二三十年代的毛边书,约定便成为一句空话,因为能够得到早期毛边书的几率很低,更不大可能收藏到没有裁开的毛边书。精明的贩书者会在出售一本毛边书时着重加一句"本书的毛边是没有裁开的",当然价钱你可是要多付三四成的。

我以前说过很多赞美毛边书的话,现在似乎不觉得毛边书有那么神乎其神了,甚至对于当下"逢书必毛"的现象心生反感。不止毛边书这一件事,我对过去如痴如狂地热爱过的许多事物的态度都发生了相反的转变。我唯一没有转变的是对于图书本身的喜爱。

当年我也收到过姜德明先生赠送的毛边本《北京乎》,

异常兴奋,别说裁了,连姜先生邮书用的旧报纸和大信封我都原封未动地保存至今。所以,我又另外买了一本《北京乎》来读。

在收到《北京乎》之前,姜先生还送了我一本他的书话集《余时书话》,也是毛边的。这本书初版只印了一千五百本,其中做了一百册毛边本。当时我还不知道毛边书的珍贵,收到书后马上就急着咔嚓全给裁了,还在书页的空白处乱写了许多字,现在很后悔,我毁了一本极其难得的毛边书。

对于书为什么要做成毛边,周作人的说辞是毛边翻脏了还可以切掉,就又和新书一样了。这个理由看似有道理,仔细一想则不尽然,世上除了词典一类的工具书有可能由于经常使用而翻脏之外,还有哪种书能达到翻脏之程度?过去有可能,因为过去图书是稀有之物得来不易,一本书会被很多人传阅。脏即切掉,此书就不再翻阅了吗?再脏可就无边可切了。

毛边书是对书籍本身功能的反动,也许这话说得不大得劲儿,还是打个比方吧。邮票的功能是邮资,是寄信时使用的,可是一旦进入了收藏的范畴,邮票原来的固有属性就发生了动摇,甚至完全改变了原有属性,这是现成的例子。当然这种动摇或改变,并没有什么"对与不对",反而带来了巨大的商业利益。我一开始集邮,后来才转入搜集图书。我写过《别矣,我的集邮》,意思有点像现在对毛边书的态度。我断然将收集了二十年的邮票"清仓出货",可说是情断意绝。对于书籍,我却是一本也不愿意舍弃,利用自有书刊,竟然写了十几本书。

我写的书,每本都嘱咐责编做些毛边本。一九九九年第一本书《漫话老杂志》做了十本毛边的,做出来后编辑觉得新奇留了两本,到我手只有八本了。我的朋友当然都得送毛边的,现在我只剩一本了,有人出很高的价钱购买,我舍不得卖。由此可见,我对毛边书的态度是游移的、多重标准的。上海译文出版社最近出版了一系列精装毛边本,做工很精致,内容又是我所喜欢的,当即在当当网订购了其中的《美国散文精选》,其中一篇《古宅琐记》,最初读的是北岳文艺版的,那时的书做得真够粗糙的,但是那时读书就是读书,不大关注书的外貌。

毛边书近年来大受追捧,有一个具体的原因大家都没有提到,说得最多的总是"鲁迅如何如何倡导毛边本"的那几句话。毛边书能大行其道,北京的网络书店——布衣书局功不可没。这家书局八九年来不遗余力地宣扬毛边书,最重要的一点是书局是卖书的,不间断地出售毛边书,终于形成了规模效应,终于集结了一大批铁杆"毛粉"。毛边书好卖,出版社闻风而动也愿意做毛边。最快的毛边书销售速度是布衣书局创造的,一百册《书边梦忆》(姜德明著)在四分三十秒内售空;最多的毛边书销量也是布衣书局创下的,《四手联弹》售出二百三十五册。这样的销售业绩连大书店也自愧弗如。毛边书一旦和商业挂钩,来势之凶猛,前景不可限量。

二〇一四年三月十七日

旧书收藏的若干问题

旧书收藏面对的问题很多，即便是入门已久的藏家也会不断地遇到新问题，初入门者更是疑虑重重。每位收藏者都会有自己的具体疑问，这里所谈内容尽可能地照顾面宽泛一些、针对性强一些，但毕竟不是与读者用面对面的方式解答提问，"无的放矢"仍不可免，读者诸君如能结合自身经验，找到我们之间的共通之处，就再好不过了。我想出了下面这个"自问自答"的形式，也许能增强针对性，触类旁通，如能启发您的思路也是再好不过了。其实，有些问题也是我自己的困惑。

一、旧书是不是年头越老的越珍贵

这是许多人认识上的一个很大误区，就像"物以稀为贵"一样，这两种说法都应该"具体问题具体分析"，若是一

烙印

臧克家 著

概而论,盲目地奉为收藏之信条,那么走弯路、花冤枉钱基本是可以确定了。这句话如果改为"年头越老不一定就越珍贵"就合情合理了。需知"年头不是判别珍贵与否的唯一标准"。譬如上世纪三十年代的"一折八扣书",年头距今八十多年,纸色也老黄老黄的,可是市场认可度仍是不高,为什么呢?"一折八扣"书是书商当年的促销手段,他们大量地翻印古代通俗小说,却并不认真校勘,只在定价上动脑筋,定价一元钱的书打一折即是一角,再打个八扣,就是八分钱,读者一看这么便宜当然要掏钱买了,书商们乐得大赚其钱。其实,这种"高定价低折扣"的手段在现实中也存在,甚嚣尘上的"礼品书"是也。

还有的不良书商,利用人们"年头越老的越珍贵"的心理,将新书"做旧",以老书的价钱卖。好在旧书作假的情况不像古书那么严重,尚不属于"重灾区",只要略具文化常识,就很容易识破造假者的伎俩。

文艺类老书始终是热门,名作家的老版书始终是热门,此类老书符合"年头越老越珍贵"的常理。

二、旧书是不是价格越贵的越好

由于有了拍卖这种新的交易方式,所以价格是特别透明了，不再像过去那么遮遮掩掩。还有一个原因是网络的发达，人们得到资讯的渠道较之过去多了许多，也快速了许多。一本旧书拍卖了高价，很快大家就会知道，有时快得几乎就是同步。最近德宝拍卖公司拍卖的一本新文学诗集《草儿》(康白情著，一九二二年上海亚东图书馆初版)，貌不惊人(且书品不佳)，竟然拍到了两万三千元的高价；另一本诗集《蕙的风》(汪静之著，一九二二年上海亚东图书馆初版)，虽然封面上盖有藏书者"深恶之"的图书馆章，竟然拍到了更高的两万五千元的天价。书商闻之大惊，马上调整了收书的策略，认识到以为新文学图书的价位已到顶的想法是严重的误判。《草儿》与《蕙的风》是"五四"新文化运动催生的新诗集，初版本更是藏书者的最爱，价位高一点儿是应该的，稍早时这两本诗集的价格也不过三四千元的价位。我查到一条历史记录，很有意思。同一本《草儿》，二〇〇七年六月二十日在某网站拍卖，以一千五百元成交，几个月后，同一网站同一本《草儿》上拍，以两千元拍出。两年之后这本《草儿》再露面，增值十倍，这不是"草儿"而是"金儿"啊。

上面这个例子似乎验证了"价格越贵越珍贵"的道理。可是不要忘了《草儿》是个极端的例子，因为它不能证明

"越珍贵的价格越贵"这个反命题。还是这场德宝的拍卖，万众瞩目的鲁迅编《凯绥·珂勒惠支版画选集》（一九三六年上海三闲书屋初版），此书存世寥寥（只印一百零三本，"内四十本为赠送本，三十本在国外，三十三本在中国出售"），还是编号本（"第六七本"），由鲁迅亲笔书写，这么一本沾渥迅翁手泽的珍本书，怎么估价也不为过（藏书家唐弢和何挹彭都专文提到过这本画集，唐弢说："书固良佳，罕见亦一端焉"）。可是"世所罕见"并未带来"罕世之价"，最后仅拍到了六万四千元，离人们所期待的六位数相差很远。如此惊鸿一瞥之珍品，再见不知何年。

三、初版书为什么受追捧

收藏离不开经济实力，清孙从添《藏书纪要》载："知有此书而无力购求，一难也。"将"买得起买不起"放在藏书"六难"的第一位。藏书者喜爱初版本，自有多种原因，其中追求"最早最先"的心理乃世之常情，人皆有之，不唯藏书之道独具耳。如果财力足够，想买什么就买什么，那么不管初版再版尽买就是了；财力有限，好钢用在刀刃上，"宁吃鲜桃一口，不吃烂桃一筐"，这既是一种消费技巧，也是"不求最多，只求最好"的消费心理在藏书上的体现。有关初版本的趣味，周熙良先生在上世纪五十年代写过一篇妙文《谈初版本》，将一九四九年之前的初版本之魅力描述到了极致，很是撩人心弦。周熙良说："初版本是作者的灵魂，而其他重版本只能看作影子。"有位西洋旧书商另有怪论："初版书收藏的动机缺乏逻辑，初版书收藏家们有意夸大了书籍的所有版本中的某一个版本的重要性……那么让我们想想到底为什么要收藏初版书，我个人认为，答案是非常情绪化的。"

另一位西洋藏书家这样说："第二版或第三版往往更受欢迎，其间可能有各种原因，或者因为文字大大改善了，或者因为插图更多更好了。第二版如果手工着色很出色的话，就会比着色平平的初版值钱得多。第二版（或者作者最后审定的版本）的文本肯定也比初版更重要。不问青红皂白，简单地把'初版'与'珍贵'或'值得收藏'联系起来，显然失之片面。"洋人的藏书理念确实比我们系统得多、周密得多，语言也好过我们。

我以前谈旧书分类时说过"按年代划分"，最后是"上世纪五十年代至六十年代上半叶"这个时段。这个时期所产生的文学作品也有一定的收藏价值，其中尤以长篇小说的成就最为突出，这是一个专门的话题。既然谈到初版本,此处不妨顺便先谈谈我对"十七年"长篇小说版本中涉及"初版"的看法。

"初版"的概念在小说的出版上尤为混乱,"初版"往往不能等同于"第一版"。举个例子,手边有精装本《红日》,版权页注明"人民文学出版社出版,1959年9月北京第一版,1959年9月北京第一次印刷",它是《红日》的"初版书"吗?不是,它只是人文社的"第一版第一刷"而已,《红日》的初版应为"中国青年出版社1957年7月第一版"(一九六二年《中国现代作家著作目录》)。

还有就是《红旗谱》,我先得一精装本,版权页上写有"中国青年出版社出版,1958年1月北京第1版,1958年1月北京第1次印刷,印数1—52000(内精装本15500册)"。这样的标注该确定无疑是一版一印的"初版书"了吧?又不对了。近日我高价得一册平装本《红旗谱》,版权页标注"中国青年出版社出版,1957年11月北京第1版,1957年11月北京第1次印刷,印数1—52000(内精装本15500册)"。比之精装初版时间提前了两个月。也就是说一九五七年十一月应该是《红旗谱》初版的日期,而一九五八年一月有可能是精装本初版的日期,因为两者的印数太一致了,故我有此判断。《红旗谱》后来的本子我存有四五种(一九五九年九月的、一九五九年十月的、一九六二年八月的),均于版权页著录"1958 年 1 月北京第 1 版",我就一直以为自己拥有初版本,直到一九五七年十一月这本书的出现,才打破了真实的谎言。

出版社这种"唯我为初版"的例子很多,再举一个《创业史》的例子。《创业史》第一版于一九六〇年五月由中国青年出版社出版,到了一九七七年十月中青社第十次印刷就出了问题。首先是封面变了,而且增加了插图,在出版说明中也写出了"于 1960 年由本社出版,这次再版时,作者又进行了一些重要的修改"。这几个再版本的要素都具备了,可是版权页却写出了"1960 年 6 月北京第一版,1977 年 11 月北京第十次印刷",读者有什么办法呢? 明明是第二版了,它却弄成"一版十印";明明第一版是一九六〇年五月,它却写成"1960 年 6 月"。

陕西人民出版社一九七八年一月印的《创业史》,封面、页数都跟中青版一样,就是在出版说明和版权页上稍加增改,出版说明中把"由本社"删了,版权页标注"1978 年 1 月第 1 版,1978 年 1 月第 1 次印刷"。这样,中国青年出版社一九六〇年的初版变成了陕西人民出版社的初版。为了加强实证的力量,我又买了广东人民出版社一九七八年三月二印的《创业史》,广人社的写法是:"1960 年 6 月北京第 1 版,1978 年 3 月广东第 2 次印刷",另外还加了"中青社出版,广人社重印"的两行字,出版说明也依照中青社的"由本社"而未做改动。一模一样的三本书(连定价都一样:一元一角五分),却代表了三种版本的态度。

　　一九四九年以前,版次与印次区分得不甚严格,这是藏书时应该注意的。那时印书,无论内容改动与否,每印一次,即算作一版,所以有些书的重版本与初版本在内容上无丝毫区别。一九五四年国家出版总署颁布《关于图书版本记录的规定》,将版次与印次分开。版次是用以统计版本内容的重要变更,凡图书第一次出版的称第一版或初版(也有称首版的),内容经过较大增删后出版的称第二版,依此类推。图书重印时,内容如无改动或仅有少量改动的不作为再版,即不做版次的变更。同一图书改换书名、开本、版式、装订、封面、出版者,亦不做版次的变更,这简直就是一本新书。

　　由于上述规定,造成了可以有 N 个初版《红日》的滑稽情形。上世纪五六十年代,有的出版社的做法还稍好些,它会在版权页上标明它的第一版仅是它社的第一版,在此之前哪个社哪一年还出过第　版等,一五一十交代清楚，或注明是租的某某社的纸型。像规定中说的"书名""出版者"都改换了仍"不做版次的变更"，其结果会使读者多花钱，花冤枉钱。

已故著名编辑家赵家璧对此不合理的规定很是不满，他以一九八二年四川人民出版社重印一九四七年版师陀的《结婚》一事为例——"我把四川版翻到最后版权页，上面仅印'1982 年 4 月第一版'一行字，没有说明初版本的出版年月和何处出版，那么青年读者很可能误认为是作者新写的作品。我再查阅这几年各地重印的《四世同堂》《寒夜》《围城》，版权页上和《结婚》完全一个样。这引起了我的一点感想。文学作品一旦印成了书，它本身在社会上就是一种独立存在，在历史的长河里载浮载沉，经受它自己命运的摆布，有的历尽沧桑，有的昙花一现；而一本书的生命史就记录在版权页上。所以国外的版权页，初版本、修订本，移交另一出版社出的新版本或纸面本，样样都要做出说明。我们的《鲁迅全集》，对各书初版本都有交代。这样做的好处，一则尊重出版的历史，二则为文学史的研究者提供了重要的参考资料。我还见到新出的《老舍文集》内连众所周知的《二马》《赵子曰》，都不注明是'商务'出的初版本。"（一九八三年三月《钱锺书的〈围城〉和师陀的〈结婚〉》）

我建议以后用"最早版"这个概念来厘清"十七年"小说版本上"初版本"与"第一版"的纷争。书贩们很可能会混淆两者的差异以谋取不当之利，却也不排除卖书者的确不懂。

四、请注意：书里有签名，有前人字迹

签名本无须多说，当今既是市场宠儿亦是藏家的追求。价格上来了，造假如影随行，趋利本质使然。关于造假与赝品，我将有专门一章论及。

前几天与朋友逛潘家园旧书摊，逛到最后一摊已是强弩之末，天气闷热，我们都想回家了。地头有《锻炼》一书，朋友说，这书新中国成立前没出过，我们就拿起来看，书是茅盾写的，我说十块钱就买。摊主站在阴凉儿处，听到我们问价，说："五百！"我诧异，"五块嘛"，还是朋友反应快，再翻一下此书，是签名本，茅盾呈送某作家的，茅盾的字太有特点了，这本《锻炼》要真是茅盾亲笔，五百元倒捡漏了。茅盾签名不稀奇，我还在这个市场里见过鲁迅的签名本，上面赫然写着"海婴小儿留读"。

除了这种"一对一"的签名本，时下还流行"签售本"，当场买书当场签名。这种签名本大都是"穷款"，只有作者的签字，崇拜者排长队买了书求签名。有的作者的追签者太多，手签受不了，竟然设计出一种"原子章"代替手签，这与本义的"签名为贵"相去更远了。

还有一种关于签名书的怪论——"我曾听人说：列位赠书，请勿签名，因为送到旧书店不好卖。举座愕然。我也曾在中国书店见过自己的'签名本'，不过写了字的扉页给粘上了，对着光才看得出来。想起这本原系人家不久前指名索要，不禁失笑，插回书架。由此明白：别轻易赠书，尤其是对此兴趣不大者；亦别轻易索书，尤其是自己不感兴趣者。当然，相识或不相识的朋友送给我的书，我都好好放着，不会像上面两位。"（止庵《我收藏的签名本》）我出过几本书，签了名的也不少，读者后来不喜欢了，扔了或卖了，我觉得都无所谓。

英国《简明不列颠百科全书》有关版本价值的一个条目写道："最理想的藏书是有作者的签名或题词，或者曾经为名流占有、使用并留有印迹的书籍。"只要留心，每位藏书者都会拥有签名本，区别在于签名者名头大小，该书重要与否以及年代的远近。

我个人认为旧书上的前人手迹较之单纯的签名更有意思，因为手迹往往藏在书的深处，不像签名那样容易被

油印本付印前言

一九五三年秋季起，我為清華大學建築系的教師，研究生和北京市內中央及市級若干建築設計部門的工作同志們講中國建築史，本擬每講編寫講義，但因限於時間，寫的趕不上講的速度。但是同志們要求講義選切，我只好將這部十年前所寫的舊稿拿出來付印，暫時作為補充的參攷資料。

這部「建築史」是抗日戰爭期間在四川南溪縣李莊時所寫。因為錯誤的立場和歷史觀點，對於祖國建築發展的前因後果是理解得不正確的。例如：以帝王朝代為中心的史觀，只敘述了封建主和貴族的建築活動，沒有認識到那些輝煌的建築物是各時期千千萬萬人民勞動的創造和智慧的積累；對於各時期的建築物及其特徵，只是羅列現象，沒有發展的觀點，不能正確地分析那些建築物的藝術性和它們所反映的思想內容，也不能指出這些建築物同當時的思想意識和經濟基礎的關係。元、明、清、三個朝代，離今天較近，實物存在也較多，對我們今天的影響也較大，本應較為詳盡地敘述的，卻因限於時間，省略過甚。當時為了節省篇幅而用文言，並且引用文史資料時，只用原文而不再加解釋，給讀者增加了不便。有許多建築，因缺乏文獻資料，單憑手法鑑定年代，以致錯誤。例如五台山佛光寺文殊殿，在這稿中認為是北宋所建，最近已發現它脊檁下題字，是金代所建。又如太原晉祠聖母廟正殿是北宋崇寧元年所建，誤作天聖間所建。山西大同善化寺大殿和普賢閣，也可能將金建誤作遼建。這類的錯誤，將來一定還會發現的。這部稿子的缺點是很多的，這幾個只是其中較突出的而已。

解放後不久，中國科學院編譯局曾建議付印，我因它缺點嚴重，沒有同意，現在同意用油印的形式印出，僅是作為一種搜集在一起的「原始資料」，供給這次聽講的同志們把它當做一部「古人寫的古書」

梁思成《中国建筑史》油印本

发觉,不大会被敲竹杠。过去年代的书主,随便留下的几句感想,都会令人心生遐想,我们因一书之缘而在不同的时光中相遇。这些文字不是至理名言,却是真情流露。钱锺书先生有高论:"但是,世界上还有一种人。他们觉得看书的目的,并不是为了写批评或介绍。他们有一种业余消遣者的随便和从容,他们不慌不忙地浏览,每到有什么意见,他们随手在书边的空白上注几个字,写一个问号或感叹号,像中国旧书上的眉批,外国书里的 Marginalia。这种零星随感并非他们对于整部书的结论。"(《写在人生边上》序)

五、藏书票和藏书应密不可分

为了表明一本书是自己的而非他人的,我们传统的做法是盖一枚藏书章,或写上自己的名字,西方人是在书的封二粘上一枚藏书票。久而久之,藏书票成了书斋宠物,演化为书案上的"漂亮小玩意儿",专门有爱好者收集珍藏,藏书票原本的属性却慢慢被淡化,甚至纯粹是一项收藏活动了。国外有专门的"藏书票协会",入会的门槛是你必须拥有"一万枚以上"的珍贵藏书票。藏书票原本就是洋玩意儿,在那边拥有十万八万枚的集藏者不新鲜。在我

藏书票集藏家吴兴文送给我的藏书票

们这里，藏书票的历史很年轻，尚不足百年，属于"小众收藏品"，玩得出名的数来数去只是叶灵凤、宋春舫、李桦、唐英伟那么几位，而系统介绍藏书票，也只有在上世纪三十年代启蒙阶段叶灵凤的那三四篇文章。近十数年来藏书票比较热了。过去藏书票和藏书并无什么特别接近的关系，只有几个藏书家使用藏书票，反而是不大藏书的人喜欢收集藏书票，那也不过是像搜集邮票一样的消遣。现在不同了，有一部分书籍为了促销，便请名家制作藏书票，贴在扉页，还真的能多卖。藏书票知识的普及，胜于历史上的任何阶段。因为藏书票甚至还举办了一次专场的个人藏品拍卖会，这起到了推波助澜的作用。

我对藏书票还持有一观点，我一直认为藏书票与图书是不该分离的，就像一本中国古书钤着的一枚藏书印——一本书可以没有藏书票，但一枚藏书票不可以没有书的庇护。今日之商品社会，藏书票也未能幸免，什么电脑制版（我比较反对的就是电脑设计出来的藏书票），什么当众毁版，什么限量发行，一系列商业运作方式，几乎都照搬到藏书票的头上，又有几个人会把这种批量生产出来的藏书票小心翼翼地贴在一本心爱的藏书上呢？我大表怀疑。

藏书票还有一别称，即"里书标"："贴于书内的一种纸签条，表明该书的所有权。欧美各国私人藏书的里书标，亦即藏书票，尤受人珍视，常有人专门搜集此种书标，一如集邮者之于邮票相似。"（《图书馆学辞典》）上世纪三十年代黄苗子参编的《小说半月刊》，也称藏书票为"里书标"。

六、至少应有一方藏书印

印章艺术是中国艺术家们的独有创造，一枚小小的印章随着千古不朽的名画而不朽，同时印章还是名画真伪的旁证。印章用在图书上，就产生了藏书印。很少有藏书者能抵抗藏书印带来的视觉冲击，这种现象在古书界最为普遍，旧书刊还稍好些，原因是中国印泥很适宜中国宣纸，不大与坚硬的机制纸合拍。正唯此，旧书刊中得一佳印，洵为美事。

清代学者李慈铭对于藏书印说过如下的两段话："书籍不可无印，自须色篆并臻妍妙，收藏家争相矜尚，亦惜书之一事也。"又云："颇喜用印记，每念此物流转无常，日后不知落谁手，雪泥鸿爪，少留因缘，亦使后世知我姓名。且寒上得此数卷，大非易事，今日留此记识，不特一时据为己有，即传之他人，抑或不即灭去，此亦结习难忘者也。"（《越缦堂日记》）李慈铭自己的藏书印堪称一份履历表，全印共二十四字："道光庚戌秀才，咸丰庚申明经，同治庚午举人，光绪庚辰进士。"也许是他的功名与天干中的"庚"字有缘，他每隔十年便升上一层。

台湾诗人刘淑慧有四行诗咏叹藏书印："潮湿的胭脂/吻遍每一具雪白的身体/丰润的心事因此有了/归属的安静。"

为自己心爱的藏书选择一方质地高贵的印石，再构思一句隽永的印文，最后是请高明的篆刻家（名家当然最好），这样做完了，一本书才算得上真正被我们收藏了。

七、毛边书当下最为热门

毛边书近年来大受热捧，不管是旧书还是新书，只要是毛边的图书，就一定有人愿意出高价购买。按照书界的传统说法，"毛边书"一词大致由英文单词 deckleedge 演变而来，指的是手工纸在 deckle 里形成的边。《鲁迅全集》对"毛边"二字的注释是："书籍装订后不切边。故所谓毛边书，就是三面任其本然，不施刀切，保留天头、地脚和书口，一仍旧貌，取其拙朴、自然、本色之美者也。"图书馆学对毛边的定义是："书或杂志常有折页尚未切口的，此边称之为'未切边'。"另有一种说法："手工制造的纸，未经裁边的，称之为'毛边纸'，书页之有毛边的通称'毛装本'。"现在我们见到的多是机制纸的毛装本，手工纸毛装本非常少见。

说到毛边书在中国的勃兴，首要的一位倡导者就是鲁迅先生。鲁迅一九三五年四月十日在给曹聚仁的信中说："《集外集》付装订时，可否给我留十本不切边的，我是十年前的毛边党，至今脾气还没有改。但如麻烦，那就算了，而且装订作也未必肯听，他们是反对毛边的。"同年七月十六日给东北作家萧军的信说："切光的(指萧军的长篇小说《八月的乡村》，有毛边本和光边本两种)都送了人，省得他们裁，我们自己是在裁着看。我喜欢毛边书，宁可裁，光边书像没有头发的人——和尚或尼姑。"鲁迅说的"十年前的毛边党"，指的就是一九二五年他在北新书局出版自己的书时与书局老板李小峰约定，他的书都要做成毛边的。鲁迅著作的毛边本现已成为旧书收藏中的第一珍品。

鲁迅先生的兄弟周作人先生也是最先倡导毛边书的。在创办《语丝》时期，周作人写过《毛边装订的理由》；

"第一，毛边可以使书不大容易脏——脏总是要脏的，不过比光边的不大容易看得出。第二，毛边可以使书的'天地头'稍宽阔，好看一点。不但线装书要天地头宽，就是洋装书也总是四周空广一点的好看；这最好自然是用大纸印刷，不过未免太费，所以只好利用毛边使它宽阔一点罢了。"

至于毛边书为何受欢迎，是美观的因素还是实用的因素，似乎尚无定论，但是有一点可以肯定，鲁迅的特殊癖好，是影响毛边热持久及深远的重要因素。

二〇〇八年六月

民国三十年代漫画图谱

民国漫画期刊是我的专题，这个专题居然曾形成一本图书(该书黑白图彩色图混搭,是我最不满意的地方。我曾说过,作者只对文字有自主权),且成为私家撰写民国漫画第一书——随笔式的而非漫画史亦非漫画理论。该书已出版好几年，我对老漫画的热情似不复当年之如痴如狂,但是遇到民国漫画的话题,还是免不了引起往昔的冲动,似乎仍然有话想说出来,姑算作"重新打量"老漫画吧。每幅图片后面写点儿说明文字及我的想法,称为"图谱"只是为了叙述的方便,这一点儿私藏品连民国漫画的冰山一角恐怕都不够。

上世纪三十年代漫画的一流画家和一流刊物,几乎被上海一网打尽,连北京这样的文化古城亦无法与之抗衡。完全可以说,上海一统民国漫画的天下。名牌漫画刊物大多集中于上海，譬如《时代漫画》《独立漫画》《泼克》《漫画界》《上海漫画》《中国漫画》《漫画和生活》《旁观者》等等。此外还有许多文艺报刊特辟的漫画专版，譬如《良友》《时代》《大众》等大型都市画报，无不给予漫画以一席之地。张乐平的著名漫画"三毛"最初是在报纸上连载。

一流的漫画家几乎都是在上海滩扬名立万，譬如张光宇、丁聪、蔡若虹、汪子美、鲁少飞、叶浅予、胡考、黄苗子、郭建英，等等。散落于各地的优秀漫画家只有投稿到上海的漫画刊物上，才可能获取较高的知名度。换言之，只有借助上海，他们才有可能成为全国性画家。

下面进入图谱部分。

《泼克(PUCK)》创刊号。一九三七年三月一日创刊，上海泼克社出版。叶浅予、张光宇主编。"PUCK"取自莎士比亚戏剧中顽皮的小妖精，即滑稽小丑之意。此刊仅出一期，八开本，三十二面。存世甚罕，我是以三本新文学绝版书的代价从书友手中交换来的。漫刊多为十六开本，而《泼克》取八开大本，逆流行而为，勇气十足。有专家评述："《泼克》是中国漫画期刊出版中昙花一现的大型漫画期刊，虽然仅出一期，但撰稿者均为一时漫画界高手。"如果有谁问我，漫画刊物中哪本算镇宅之宝？《泼克》应该算。

《十日杂志》创刊号。一九三五年十月创刊于上海,总出二十四期。该刊虽然不能算纯粹的漫画杂志,但是它的封面无一例外地由漫画包办,里面也有漫画内容,只是不以漫画为主而已。封面漫画的作者除了第一期为汪子美外,其余均出自漫画界尊为"老大哥"的张光宇之手。创刊号画的是"美人鱼"杨秀琼。此女当年风头之健,一点儿也不亚于电影明星。鲁迅曾经评论过她:"我觉得中国有时是极爱平等的国度。有什么稍稍显得特出,就有人拿了长刀来削平它。以人而论,孙桂云是赛跑的好手,一过上海,不知怎的就萎靡不振,待到到得日本,不能跑了;阮玲玉算是比较的有成绩的明星,但'人言可畏',到底非一口气吃下三瓶安眠药片不可。自然,也有例外,是捧了起来。但这捧了起来,却不过为了接着摔得粉碎。大约还有人记得'美人鱼'罢,简直捧得令观者发生肉麻之感,连看见姓名也会觉得有些滑稽。"

值得留意的是,《十日杂志》里隐藏着一幅《色情文化图》,由众多名画家合作而成,上述名家悉数参与。

《漫画界·全国漫画展览会第一届出品专号》。一九三六年十一月四日,在上海南京路大新公司四楼展览厅(今中百一店),第一届全国漫画展览开幕。漫画展于上海获

漫畫界

十月號　第七期

全國漫畫展覽會第一屆出品專號

本期特大號
每冊實價三角

得成功后,又应观众要求,于全国进行巡展,第一站是南京,时在当年的十二月。历史本身就是一幅残酷的预言漫画,一年后的南京陷入一场惨绝人寰的浩劫,三十万人死于日寇屠城。我们再回到过去看那幅《蜿蜒南下》(穆一龙作),是多么骇人地警示国人,日寇侵犯我中华的毒蛇已突破万里长城杀奔而来。我们不得不承认,漫画除了娱乐功能之外,还有极强的战斗宣传作用,漫画展的审员们除了艺术眼光之外,政治洞察力也是非常敏锐的。

当漫画展在华南展出时,抗战已全面爆发;当漫画展在广西的一个县城流动展出中,遭遇日寇飞机的轰炸,"全国漫画家的创作结晶顿时化作灰烬"。我们今天能目睹那些漫画精品,还要托当年漫画刊物的福,原作灭迹人间之后,幸有它们存活于世间。毕克官说:"今天我们能见到这次展览会的一些作品,应该感谢《漫画界》(王敦庆、曹涵美主编)于一九三六年十一月曾出版过一期《全国漫画展览会出品专号》,使得其中一些重要作品得以流传下来。"(《中国漫画史》)

《现象漫画》创刊号。一九三五年三月创刊,上海现象图书刊行社出版。万籁鸣(动画片《孙悟空大闹天宫》创始人)、薛萍主编。《现象漫画》(仅就封面而言)太惊艳了。作画者程柳桑不是大名头，却给我们留下一幅过目难忘的漫画。画面满满却无闭塞之感，题材是人所共知的"张果老倒骑驴"的民间传说。有云："别人骑马我骑驴，后边还有推车汉。"这是劝人要知足勿攀比。此画另有一解："不是倒骑驴，凡事回头看。"寓意更加深刻。

《东方漫画》创刊号。一九三六年十二月出版，上海新艺漫画社主编。这本漫画我感觉在水准之下，现在不知被我放在书柜旮旯哪儿了，总之没有给我留下印象。封面画《胯下之辱》的"胯"似应作"胯"。

小《万象》(胡考版)和大《万象》(张光宇、叶灵凤版)创刊号。搜集旧刊物之初，曾请中国书店的师傅将带"万象"字头的杂志都拿来些，这位老师傅是中国书店古旧书库房"管事的"，所以有条件满足我的要求，真的就拿来一堆"万象"杂志卖给我。这其中就有大小两个漫画性质的《万象》，一元钱一本，便宜得近乎白给。

小《万象》，十六开本，一九三六年三月创刊，仅出一期。胡考主编。胡考(1912年—1994年)，我非常喜欢胡考的漫画，他能画不同风格的漫画，鲁迅曾评价过胡考的技巧。胡考后来转行不再画漫画了，我曾经为之可惜过，现在我想明白了，上世纪三十年代是漫画的顶峰，顶峰之后

张光宇主编并绘封面的《万象》

是下坡,不画就对了。

大《万象》,一九三四年五月创刊,上海时代图书公司出版。时代公司的老板是邵洵美,《万象》是邵公司旗下"七大刊物"之一。大《万象》是八开本,总出三期。我费时二十年将三期收齐。邵洵美不差钱,所以《万象》印制精美,漫画的尺幅大,而且都是彩色。《万象》也转载外国的漫画及幽默文章,有一篇《便所考》,图文并茂,煞是有趣。

《独立漫画》创刊号。我早闻其名,也略知一点"独漫"的来历,所以当某旧书网突见"独漫"现身时,我即决定不惜代价买下来。旧书网的"买"的形式是拍卖,不是通常的"先来先得",拍卖乃"出价高者得之"。事前要有心理准备,价格有可能拍得很高,拍下来心疼钱,拍不下来心有不甘。最终"独漫"落入我手,代价亦十分沉重。此份《独立漫画》共计八册(只少一期就是全份了),含创刊号(这很要紧,没有第一期的话价值会锐减),有三期丢失封面,总体书况良好,还算物有所值。

"独漫"一九三五年九月到一九三六年二月,出版九期,张光宇主编。张光宇(1900年—1965年)是位艺术家,上世纪二三十年代为其艺术高峰,死得早,声名不彰。清华大学美术学院唐薇教授近撰《张光宇年表》,花了很大工夫,收有不少稀见史料。历史越往前走,被遗忘的人越积越多,有些人忘了就忘了,而张光宇不要裹在遗忘里面。

《论语》"鬼故事专号"。《论语》乃上世纪三十年代著名幽默刊物,林语堂创办,总出一百七十七期。称其为"半幽默半漫画"的杂志是恰如其分的。从封面到内文,《论语》刊出的漫画不会少于一千幅。林语堂对于"幽默"及"漫画"都有过精辟之论,他说"最上乘的幽默表达的是心灵的光辉与智慧的丰富",这句话同样适用于漫画的标尺。

《文坛茶话图》,鲁少飞作,初刊于一九三六年二月《六艺》杂志。图的下方有一段说明文字:"大概不是南京的文艺俱乐部吧,墙上挂的世界作家肖像,不是罗曼·罗兰,而是文坛上时髦的高尔基同志和袁中郎先生。茶话席上,坐在主人地位的是著名的孟尝君邵洵美,左面似乎是茅盾,右面毫无问题的是郁达夫。林语堂口衔雪茄烟,介在'论语'大将老舍与达夫之间。张资平似乎永远是三角恋爱小说家,你看他,左面是冰心女士,右面是白薇小姐。洪深教授一本正经,也许是在想电影剧本。傅东华昏昏欲睡,又好像在偷听什么。也许是的,你看,后面鲁迅不是和巴金正在谈论文化生活出版计划吗?知堂老人道貌岸然,一旁坐着的郑振铎也似乎搭起架子，假充正经。沈从文回过头来，专等拍照。第三种人杜衡和张天翼、鲁彦成了酒友，大喝五加皮。最右面，捧着茶杯的是施蛰存，隔座的背影，大概是凌叔华女士。立着的是现代主义的徐霞村、穆时英、刘呐鸥三位大师。手不离书的叶灵凤似乎在挽留高明，满面怒气的高老师，也许是看见有鲁迅在座，要拂袖而去吧？最上面，推门进来的是田大哥，口里好像在说：'对不起，有点儿不得已的原因，我来迟了！'露着半面的像是神秘的丁玲女士。其余的，还未到公开时期，恕我不说了。左面墙上的照片，是我们的先贤、计开，刘半农博士、徐志摩诗哲、蒋光慈同志、彭家煌先生。"

多么高明的创意，多么饶有风趣的文坛纪实。我是将此画排进经典老漫画前十位的。特别不可理解的是，上世纪九十年代鲁少飞竟然否认自己画过《文坛茶话图》。

《鲁迅奋斗画传》，作者汪子美。此画原载于《时代漫画》，横跨两页，八格画面浓缩了鲁迅的一生。我将这幅画排进经典老漫画的前五名。我在街边的照相打字复印店，请他们在电脑中修整了这幅名作，然后用高克度精纸打印出来，四开大小，愈显精美绝伦。制作费五元一张，我做了十张，分送友好。附在本文中的即是修整过的《鲁迅

奋斗画传》，希望您也喜欢。黑中带紫，紫多黑少，不正暗喻鲁迅吗？

《新八仙过海图》，汪子美作。这画原载于一九三六年九月《上海漫画》第五期。关于这幅佳作，我最近刚写过文章，刊于《上海书评》，这里就不啰唆了。出于特别的喜爱，我也重新制作了它，装上镜框挂在墙壁，朝夕相见，百看不厌。

《疯话》《歌舞江山》《旧巷斜阳》《醉里》。这几本是上世纪三十年代出版的小说图书，而非漫画刊物，之所以出示它们，本意是想说明三十年代的漫画热潮，并非后人的想象，漫画艺术在当时确实深入人心，出版商们竞相使用漫画来装饰出版物。老上海的文史掌故作家魏绍昌说得对："唐诗、宋词、元曲、明清小说以及民国漫画，都是代表一个时代的最富特色、创造力以及名家荟萃的文艺种类。"

二○一三年四月三日

漫画民国大都市情色

上世纪三十年代的民国是个什么样子？最能还原三十年代世间相的不是鲁迅的杂文，不是周璇的电影，不是齐白石的绘画，不是曹禺的话剧，而是产生于上海滩的一大批情色漫画。我前些天写了一篇文章，标题为"《鲁迅奋斗画传》并非讴歌之作"，马上有位上海漫画史专家发表文章，不同意我的观点(漫画之功能第一位是讽刺，第二位是幽默，什么时候漫画成了讴歌的艺术手段？一九四九年之后的漫画倒是产生了大批讴歌之作——大跃进中的"亩产万斤粮"漫画，等等)，他列举了一些抗战漫画来反驳我。我无意与这位德高望重的专家争辩"漫画的功能是什么"这个见仁见智的话题，正好有这么个机会来谈谈三十年代，我借机亮出我的另一个看法：情色漫画才是三十年代大都市的底色。情色是不是当年的主色调，我不便明说，但是我可以提供几十幅漫画来间接地回答，这些漫画均出自当年第一线的著名漫画家之手，其中颇有一些漫画家在八九十年代还在创作。他们如今都已离开人世，他们在世之时，我是不会拿出他们的大尺度"少作"来的。实际上有些漫画就算是画家不在了，我也不愿意拿出来，因为"情色"很容易就转化为"色情"。

情色的主题是女人，是女子的身体，无须回避，也回避不了。如同文学一样，画得巧妙，即为情色画；画得太直白，即为色情画(古称"春宫画"。明代名画家仇英的春宫画今天还有洋人复制出版)。丁聪的《贱价的支配》介乎两者之间，画面上看不出何为情何为色，旁白露出了底牌："妓女：别那样神气！给你几个铜子，就得拉了我跑！""车夫：算了吧，我放掉了车子，你还会不来拉我吗?！"丁聪(1916年—2009年)是非常有名的漫画家，曾为三联书店的《读书》杂志画了二十多年的专栏。丁聪的《花街》也是暴露妓女生活的，曾广受好评。

相似的题材，陈涓隐画得就较之丁聪高明。这幅《承恩不在貌》单看画面只觉得是一个"骆驼祥子"在拉活儿，但是下面的一行字"少奶奶忽然地对车夫(想起昨夜的事情来了)：你还是跑得慢一点儿吧"则泄露了天机。车夫给

陈烟桥作《承恩不在貌》

承恩不在貌

少奶奶忽然地对车夫(想起昨夜的事情来了)你還是跑得慢一點兒吧!

大宅门拉包月,熬不过寂寞的少奶奶红杏出墙。这种情事于庭院深深的大户人家里最易发生,少爷看中了丫头,还有一种可能是爱情(《家》里的觉慧与鸣凤);可是少奶奶与车夫擦出火花,任谁也不相信是纯真的爱情(《苦菜花》里王柬芝的老婆与长工出轨,多少有"承恩不在貌"的意味)。

这种暧昧漫画在上世纪三十年代俯拾即是,区别只在画技的巧拙、名头的大小。漫画家张乐平被誉为"三毛之父",可是他于三十年代也画过更加直白的此类漫画,用今天的语言来形容显然属于"重口味",但是前几年居然被某人挖掘出来刊登了,幸亏那是一本发行量很少的漫画书,"流毒"未广。

张光宇是漫画界之先驱,他的漫画集《民间情歌》广受佳评,可是当您看到这幅《民间情歌》,它与今天的荤段子有何区别?在农村干活儿歇息的时候,农民同志随口可以唠出一堆这种段子,不带重样的。"民间情歌"实为"民间情色歌",尽管广告说得漂亮——"艳而不腻,乐而不淫"。

茅盾在《子夜》里曾经描写过都市摩登人物的标志,李欧梵总结为:"汽车(三辆一九三〇式的雪铁笼)、电灯和电扇、无线电收音机、洋房、沙发、枪(一支勃朗宁)、雪茄、香水、高跟鞋、美容厅、回力球馆、Grafton 轻绡、法兰绒套装、一九三〇年巴黎夏装、日本和瑞士表、银烟灰缸、啤酒和苏打水，以及各种娱乐形式：跳舞(狐步和探戈)，'轮盘赌、咸肉庄、跑狗场、罗曼蒂克的必诺浴、舞女和影星'。"(李欧梵《上海摩登》)

别的标志好理解，这个"咸肉庄"是个什么物件？这是句上海方言，意即"下等的妓院"。鲁迅曾说："此外，也并未到过咸肉庄或赌场，并未出席过什么会议。"现在我们或许可以理解为什么有这么多的漫画的主题青睐于斯。

上世纪三十年代的漫画还有一个画家特别喜欢的题材：女子与泳装。我看过许多漫画，未见一幅是为男子泳装作画的，使我想起贾宝玉的一句名言——"我见了女儿便清爽，见了男子便觉浊臭逼人。"下面举一个极特殊的例子——"美人鱼"杨秀琼，画她的漫画简直多极了，成为一时之文化景观。

三十年代，比基尼尚未发明出来，像"美人鱼"杨秀琼这样的泳装已是最暴露、最前卫的了。杨秀琼是游泳比赛运动员，穿泳装出镜名正言顺，其他行业的明星想学杨秀琼的穿法，倒显得做作和不伦不类，实在想显示一下身材，也轮不到上封面。一九三三年十月，第五届全国运动会在南京中央体育场揭幕。这次运动会，第一次把女子五

中

華

THE CHINA
PICTORIAL

NO. 38

THE MOST POPULAR
ROTOGRAVURE
PICTORIAL IN CHINA

第三十八期

上海新中華圖書公司總發行

ENTERED AT THE CHINESE POST OFFICE

项游泳列为正式比赛项目,各地女选手纷纷参赛。杨秀琼和姐姐杨秀珍一起,作为香港队选手参加了比赛。由于第一次有女子参赛,因此轰动一时,好些个清末遗老遗少亦拄着手杖步入泳池观赛席,见到女子运动员穿着泳装出场,顿时想起"非礼勿近,非礼勿视"的古训,慌忙离座退场,喃喃自语:"罪孽!罪孽!女子洗澡还招人来看,真是人间不知有羞耻事。"一九四九年之后,还是有很多人理解不了"芭蕾舞"这门洋艺术,这些新卫道士们斥其为"光屁股舞"。

杨秀琼一鸣惊人,迅速蹿红,成为关注度最高的新闻人物。当年她虚龄十五岁,但生得高大壮实,尤其面容秀丽,肤色红润,健而又美,"美人鱼"的称誉由此而来。每逢有杨秀琼出场的比赛,观众席上的目光一齐投向了她,连光头和尚也赶来抢购门券,一睹"美人鱼"的风采。伟大如鲁迅,也评论过"美人鱼现象"——"我觉得中国有时是极爱平等的国度。有什么稍稍显得特出,就有人拿了长刀来削平它。以人而论,孙桂云是赛跑的好手,一过上海,不知怎的就萎靡不振,待到到得日本,不能跑了;阮玲玉算是比较的有成绩的明星,但'人言可畏',到底非一口气吃下三瓶安眠药片不可。自然,也有例外,是捧了起来。但这捧了起来,却不过为了接着摔得粉碎。大约还有人记得'美人鱼'罢,简直捧得令观者发生肉麻之感,连看见姓名也会觉得有些滑稽。"

杨秀琼"足迹所至,公卿倒屣"。人怕出名猪怕壮,尤其是女人一出名,负面效应接踵而至,甚至上海滩著名的星相家韦千里也来了个《韦千里评杨秀琼八字》,什么"以高危满损为戒"劝她风头不要出得太足,什么"或有关睢之兆"说她一九三七年该嫁人,什么"危如累卵"晚景不妙。大报小报一哄而上全是杨秀琼的消息,连她的身材各部位详细尺寸也被公之于众。民国政界闻人、国民党元老褚民谊,任职期间,传闻曾替"美人鱼"杨秀琼驾车、打扇,事后曾有人写下两首嘲笑褚民谊的诗,其一道:"波光惨淡远黄昏,游泳场中出丽人。台上大官涎欲滴,驱车驶进南京城。"

偷窥女人洗澡的漫画是稀有品种,本文也拿出两张。一张画得高度夸张,另一张却颇能画出一些意境,高高的墙头高高的梯,高高的弯月高高的星,蛮有诗情画意。"偷窥之心,人皆有之",唯有利用漫画表达出来。现代人想象民国的风情万种,尽在此画中。人在做,天在看。

隔了像遥远一样遥远的岁月,我们还能感受到这些

原载一九三五年《中国漫画》

似情似色的老漫画带来的怀旧之风，民国时代那些花样年华女子如怨如诉的一颦一笑，她们组合成了经久不息的华丽与迷惑的画卷。

二〇一三年九月七日

八十年前的壮游

——《良友》全国摄影旅行团

关于梁得所（1905年—1938年）这位现代画报界先驱，关于他与《良友》画报的恩怨，关于他主编的《大众画报》《小说半月刊》，关于他的单行本，十几年来我写了好几篇文章，好像意犹未尽，对于梁得所，我似乎有说不完的情感，情感中最多的成分是叹息。现在再来说说八十年前梁得所率领《良友》全国摄影旅行团周游中华河山期间发生的一些事情，有的事情甚至影响了梁得所的余生。

一九三二年九月出版的《良友》画报（总第六十九期），以很大篇幅报道了《良友》全国摄影旅行团即将出发的消息，规格之高，前所未见。社会名流蔡元培、叶恭绰、曾仲鸣、黄绍雄、甘乃光为旅行团题祝词，良友公司总经理伍联德亦亲自发言称："派遣摄影队出发全国，实地摄影照片，天然景物、人工创造、历史古迹、时代建设、边事国防、工业文化,凡足以代表显扬我国者,兼收并取……不特对内可以启迪民智,对外亦可以发扬国光。第此行使命重大,匪异人任,特推《良友》编辑梁君得所董其事。"

梁得所接此重任,亦表态:"我们出发了,在交通不便时局多变的中国,算不到有没有意外的阻拦。我们唯有本着在能力范围内求达目的,更盼望各地良友,随时给予我们指导和协助。"

梁得所还透露了旅行团全盘之计划:"路线分黄河流域、长江流域和西南诸省三大区。因天气关系,先行北上,由西北折回中部,沿长江入四川而下西南诸省,然后取海道返沪。九月中旬出发,以半年时日周行各省,预计明年二三月结束。"后来的行程基本按计划而行,东三省未在计划之中,盖已沦入日寇之手。

摄影旅行团由梁得所带队,另有两位专职摄影,一位干事。

一九三二年九月十五日,梁得所一行四人,"带着大小摄影机六架,影片及旅行用品十四箱"自上海踏上漫漫旅途。这里所谓的"摄影机"即照相机,所谓的"影片"就是胶片,可不能用今日之眼光来看当年呀。我们现在看到的这些梁得所他们拍摄的照片,清晰度多差啊,连他自己也说:

"摄影极有经验的胡伯翔先生,临开车前几分钟还谈了几句关于镜头的话。"反过来想,八十年来,关于摄影,关于摄影器材,有了何等飞速的发展。

旅行团九月十五日出发,当晚宿南京,精简行装,不急用的由火车托运。"还有一点问题,我们所带摄影材料,看来仿佛贩卖货物,好在有党政机关的证书,证明都是自用的,并没有携带违禁品。"九月十八日离南京北上。

乘津浦火车至山东境内,先到邹县(今山东邹城),此地乃"孔子诞生圣地""孟子诞生圣地"。梁得所感叹:"瞧不出这小小地方,竟出了一二之外无第三的圣人。"

半夜至曲阜,改乘骡车进城,梁得所又叹:"一夜之间,我们由孟子故里来访孔子的家乡了。"于灵岩古寺还发生了一件可笑的事。梁与同事走散,同事问老乡,老乡答:"刚才有一个外国人走过的。"梁氏着西服戴眼镜,于不甚荒蛮的村落,便被错认为外国人,难怪梁得所叹曰:"近铁路村人尚且如此,将来再入内地,不改装恐太惹人注意了。"

以后数日,旅行团上泰山,入济南,游大明湖,自青岛乘船至威海卫并烟台,下北戴河,登山海关,随游随拍摄照片发回给《良友》画报刊载。几年前梁得所于济南放弃学业应聘到《良友》,继而升任主编,这次故地重游,自是感慨万千："入济南再到齐鲁大学，见校园槐树比从前长大，校舍每座楼都被浓密的绿叶掩藏着。同学都毕业去，只有一位留校做大夫（医生），见面不免谈起一串旧事。""大明湖边，从前为功课到来，取些湖水回去照显微镜。千佛山因为近学校，晚饭后常到那山麓去散走，郊野吹过的秋风，城楼传来一阵的军角，到如今还依稀如咋。"

十月十日，梁得所一行到达山海关。雄关漫道真如铁，可是"事实上就是在秦皇岛下车时，已有佩着刺刀的日本兵向站长查问我们的来历了。在不平等条约之下，做中国人在自己的屋内也要被监视"。可是不但老农误识梁们为外国人，梁们的装束和行囊连日本兵也警觉他们并非普通百姓。在城楼下，梁得所采访了驻守山海关的第九旅旅长何国柱。何旅长说出他对时局的困惑："除非下了同归于尽的决心，事情是无从办起的。"并为《良友》画报题字——"长城何恃"。有人不理解何旅长的意思，梁得所解释称："秦始皇时代早已过去，中国今日所受的侵略绝不是一座死城挡得住的，现在我们要重新筑造一座新的，活的，众志成城！"

济南、青岛、北戴河、山海关，我都游过，所以梁得所的每一行字都能唤醒我的亲切回忆。

终于，梁得所们在出发一个月后到了北平。在北平拜见了胡适博士、北大校长蒋梦麟、隐居之吴佩孚、活佛班禅、少帅张学良。如果说前面几位是慕名拜望，拜过就拜过了，而张学良则不同，少帅对梁得所以后的事业有着实质性的助进，下面要多说一点儿。

　　出北平城，就进入了路途最艰苦的西北。先至张家口，在张市拜见了冯玉祥将军，交谈的却是冯将军在读什么书。塞外的寒冷和荒凉一齐扑向四位羸弱的书生，你看照片上他们的着装，再也不是西装领带了，吃住行也让四位饱尝艰辛。只有到了边塞，才能体会国土之幅员辽阔，城乡之天壤之别。梁得所回到上海之后，专门在无线电广播里演讲西北印象，他说西北有着"无尽的富源"，却未得到好的开发。他讲的"屯垦的过去、现在与将来"于今亦具现实意义。他说"忍耐的交通"制约了西北的发展，"西北的道路是不成道路的。记得一个瑞典的游历家说过，'中国只有足迹，没有道路'"。梁得所还不忘开贫穷的玩笑："颇足诧异的，沿途简直没有见过一个胖子，而老头儿却特别多。原因大概是没有安逸生活，无从养成胖子；同时因为村野空旷，阳光和空气充足，人的寿命比较长。不过，在这种情形之下，多活一岁就多做一年牛马罢了。"

梁得所们骑过骆驼,涉过沙漠,学了几句蒙语,领略了"西出阳关无故人"的荒寂。梁得所偶尔还记有日记,譬如十二月二十六日(甘肃平凉),"早起检点行李,九时挂车,冒雪起行……是日行程七十里,暮宿白水村";十二月二十七日,"为了想早些赶到南石窟,晨四时便起行"。张爱玲说过"侵晨四时是非人时间",更何况是冬天的早起。一九三三年一月十二日,"华北紧急,军事的影响,平汉交通阻滞,今晨二时才到汉口……是日下午还有忙碌的,就是五百余张底片急待冲洗"。

梁得所长期从事媒体新闻,职业养成的政治敏锐,令他已经预见到未来:"将来中国实业和军事,都以西南西北大陆为根据。"后来的局势确实如此。梁得所料得准国情,却料不准自己的命运。

一九三三年五月,梁得所完成了《良友》全国摄影旅行团的使命,征尘未洗,甚至连这次摄影旅行的大成果《中华景象》都未及看到,他就已经做出了一个决定:离开《良友》,另辟江山。这年八月第七十九期《良友》画报刊出了梁的辞职启事及良友公司的启事。公司一方称梁"另有高就",略显不满,也不大通人情。我觉得梁得所上一年九月带团出发的时候不会想到辞职,旅行七个月亦无暇考虑辞职,而五、六、七三个月到底发生了什么变故而使梁得所萌生去意,现在只有梁得所同事马国亮的一种说辞。

梁得所卸了《良友》编务之后,旋即与好友黄式匡组建大众出版社,于一九三三年十一月出版《大众》画报创刊号,而一年前的此时,梁得所正奔波于北方大地。一九三二年十月出版的《北洋画报》刊有摄影旅行团及梁得所的报道,尤为珍贵的是竟然还有一张梁得所坐在骡车上面的照片,看到这张照片,内心忽然涌上一种欲哭无泪的情绪。报道的标题是"记抵平之良友全国摄影团",内称:"该团现寓青年会,所占者为一〇二董事室,因青年宿舍现无余室也。"青年会会址位于北京东城。"北画"记者眼中的梁得所:"梁年三十许,身体瘦弱,而有不畏跋涉之精神。"记者还问:"彼等四人是否备有防身之武器?"梁得所说:"不携武器损失不过财物,有武器则生命或且将有问题,所以并不曾携带武器。"

梁得所的同乡、同学、梁入良友公司的引荐人——明耀五在梁得所病逝后写的悼念文章里透露了梁得所与张学良交往的诸多细节,现简短节录:

一、张学良曾约梁得所去做事,但是梁得所觉得如去做事便有了统属关系,倒不如在野做个朋友来得清高。

二、梁得所组织大众出版社,去找张学良谈,张学良帮他一万元,也无所谓股份,总之助其成事就是了。

三、与梁得所合办大众出版社的那位华侨(黄式匡)当初说得资力如何雄厚,后竟是空的。不久资本便用完,连梁得所在良友公司几年的积蓄也用进去,依然不够。这时梁又病了一场。病后去过汉口一次,张学良对梁非常客气,招待他住,请他吃饭,派汽车接送。梁向张报告大众出版社实情,请其维持。张学良说:"你身体不行,不必过分努力,我看你不如出国去休息几时,并且到国外确可开开眼界。"并付给梁得所三千元制装费。

四、回到上海后,梁得所禁不住黄式匡的怂恿,又把三千元的制装费全数奉出。大众出版社负债很巨,这个数目仍不过是杯水车薪,不到多久又已用完。黄式匡又命梁得所往汉口做秦庭之哭。

五、梁得所将出版社情形大略跟张学良说了,又老实告诉张学良制装费已挪去应急了。张学良说,我对这些事不甚了了,我来介绍个朋友替你通盘打算一下,再定方针。这个朋友即张的机要处长。

明耀五与梁得所商量后决定:不能再相信黄式匡了,任由出版社自生自灭吧,不能"再失败对不起人(张学良)"了。大众出版社也随即关门。梁得所只得转投邵洵美的《时代画报》,只编辑了几期,《时代画报》也停掉了。事业受挫,海誓山盟的女友移情别恋,潜伏的肺病发作,几度休养几度复发,一九三八年八月八日,梁得所在老家连县,在安睡中再没有醒过来,年仅三十三岁。

二〇一四年三月五日

一九四二,上海滩,文艺范儿归去来

　　张爱玲"兀自燃烧"的名句真是太多了,写着写着"一九四二"就碰上了一句"在这兵荒马乱的年代,个人主义者是无处容身的"。这话是她在《倾城之恋》中说的。

　　本文要说的便是一九四二年上海滩的文艺圈的那些人,有人离开,有人压根儿没打算走,有人走了又回来了。走了的很多,且不去说罢;走而复返的拣最要紧的两个人梅兰芳和张爱玲来说;没走的想说的有"话剧皇帝"石挥、"甜姐儿"黄宗英,诗人邵洵美在集邮,杨绛(钱锺书一九四二年也在上海)在写话剧,画家蒋兆和一九四二年恰好来上海办他的画展,也应提上一笔;此外老电影明星孙道临、冯喆(《南征北战》的高营长)那年都在上海,知道的人不多,我也想顺便说说。想要说的人太多,只好先说这几位,她和他今天还有足够高的人气,可以称得上是家喻户晓的名流。本文的材料和图片多为第一次披露,称得上闻所未闻,想表达的是,一九四二年所发生、所启示的,依旧于今天另具意义。

一、天才女作家张爱玲回到上海

一九四二年一个初夏有些阴的下午,还没有一丁点儿名气的张爱玲坐着日本轮船从香港回到了上海。三年前她是从这里走的。一九三九年,张爱玲考取伦敦大学,因战争的影响,未去成英国,改入香港大学。在去香港之前,张爱玲在《天才梦》中写出了传诵至今的名句:"生命是一袭华美的袍,爬满了蚤子。"

香港十八天即告失守,张爱玲待不下去,她要离开。飞机天天轰炸,张爱玲照常读她的小说,虽然她是一名防空员。防空员驻扎在图书馆,她拿起《醒世姻缘》,"马上得其所哉,一连几天看得抬不起头来",炮弹被一颗颗丢下爆炸,你猜张爱玲说什么,她居然说:"至少等我看完了吧。"

几十年后,张爱玲写《小团圆》时,回忆她一九四二年这次回上海,居然是和梅兰芳同船——"她刚回上海的时候写过剧评。有一次到后台去,是燕山第一次主演的《金碧霞》,看见他下楼梯,低着头,逼紧了两臂,疾趋而过,穿着长袍,没化妆,一脸戒备的神气,一溜烟走了,使她立刻想起回上海的时候上船,珍珠港后的日本船,很小,在船阑干边狭窄的过道里遇见一行人,众星捧月般的围着个中年男子迎面走来,这人高个子,白净的方脸,细细的两撇小胡子,西装虽然合身,像借来的,倒像化装逃命似的,一副避人的神气,仿佛深恐被人占了便宜去,尽管前呼后拥有人护送,内中还有日本官员与船长之类穿制服的。她不由得注意他,后来才听见说梅兰芳在船上。"

张爱玲回到上海,即做起了自由撰稿人,开始向上海滩的杂志密集投稿,很快便声名鹊起,连傅雷都称赞她的小说是"我们文坛最美的收获"。彼时也在上海的作家柯灵于一九八四年写下名篇《遥寄张爱玲》,他分析了张爱玲为什么能在两三年间蹿红文坛:"上海沦陷后,文学界还有少数可尊敬的前辈滞留隐居,他们大都欣喜地发现了张爱玲,而张爱玲本人自然无从察觉这一点。郑振铎隐姓埋名,典衣节食,正肆力于抢购祖国典籍,用个人有限的力量,挽救'史流他邦,文归海外'的大劫。他要我劝说张爱玲,不要到处发表作品,并具体建议:她写了文章,可以交

067

给开明书店保存，由开明付给稿费，等河清海晏再印行。那时开明编辑方面的负责人叶圣陶已举家西迁重庆，夏丏尊和章锡琛老板留守上海，店里延揽了一批文化界耆宿，名为编辑，实际在那里韬光养晦，躲雨避风。王统照、王伯祥、周予同、周振甫、徐调孚、顾均正诸老，就都是的。"一九四二年，文化界的半壁江山，仍在上海。

柯灵最终点明："中国新文学运动从来就和政治浪潮配合在一起，因果难分。五四时代的文学革命——反帝反封建，三十年代的革命文学——阶级斗争，抗战时期——同仇敌忾，抗日救亡，理所当然是主流。除此以外，就都看作是离谱，旁门左道，既为正统所不容，也引不起读者的注意。这是一种不无缺陷的好传统，好处是与祖国命运息息相关，随着时代亦步亦趋，如影随形；短处是无形中大大减削了文学领地。譬如建筑，只有堂皇的厅堂楼阁，没有回廊别院，池台竞胜，曲径通幽。我扳着指头算来算去，偌大的文坛，哪个阶段都安放不下一个张爱玲，上海沦陷，才给了她机会。"历史的吊诡又一次显灵，"国家不幸诗家幸"，如果一九四二年张爱玲没回上海的话，在香港她至多就是一个大学生。

二、一九四二年七月廿六日,梅兰芳回到阔别四年的上海

关于梅兰芳回上海的确切日期及是乘船回还是乘飞机回,研究梅兰芳的专家学者说什么的都有。最终还是我利用自己的收藏得出了准确的答案。

一九三八年年初(另一说是"一九三八年春末"),梅兰芳携带家眷和剧团演职人员,乘上海邮轮到达香港演出。香港被日军占领后,一九四二年(准确日期不详,有说当年春,有说当年夏),梅兰芳选择返回上海。关于这次回上海,梅兰芳是乘船,是乘飞机,还是先乘船到广州,再由广州乘飞机回的上海?存在着不同的说法。历史分粗线条和细线条,轮船乎,飞机乎,可能连细线条都算不上,枝节末梢,无关宏旨,但是如果连梅兰芳这么个大名人的这点儿小事情都定不下来,确实有点儿说不过去吧。

许姬传与许源来,许氏昆仲都是梅兰芳最亲近的人(梅滞港期间虽不登台演出,但于住处由许源来吹笛吊嗓),这是人所共知的。许源来在《梅兰芳在香港》中讲:"他(梅兰芳)回到上海,又黑又瘦,比去的时候憔悴多了,嘴上又留了胡子,样子变了。梅夫人一把抓住他,含着眼泪说:'上海传遍了你的凶讯,说你从香港坐船回来,半路上船被

打沉了,今天我们还能见面,真不容易!'"

　　著名记者金雄白说:"梅兰芳留香港不久,汪伪政权向日方梅松两机关交涉的结果,派了徐采丞(杜月笙的密友,数年前在港仰药自尽)等把在港囚禁中的叶恭绰、李思浩、陈友仁、郑洪年、唐寿民、林康侯等专机接往上海,而梅兰芳竟得与这几位当时政治经济方面的巨头一同东返。"

　　在柯灵一九四五年九月发表的《梅兰芳的一席谈》里,可以看到当时梅兰芳对柯灵讲:"后来他带我去见了矢崎——这个人您大概知道,不久以前他还在南京,管着'民政'什么一类的事,他把我找了去,骇了我一身汗,闹到归齐,原来他也是我的二十年前的看客。他问我为什么不在香港登台,我说嗓子坏了,是养病来的,所以不能演出。"柯灵紧张地看着梅兰芳,急于知道下文,梅兰芳安慰似的,用轻松的语调跟柯灵讲:"还好,他还不怎么为难。我趁此机会说离家久了,急于想回上海,问他能不能替我弄张飞机票;他答应了,后来我就是这么回上海的。""闹到归齐"是北京方言,通常说成"闹了归齐"。

　　某日整理书刊,翻出一摞《太平洋周刊》,随手打开一本 (一九四二年八月八日, 第一卷第三十期),轰隆一声雷——《安然归来的梅兰芳》,轰隆又一声——本报专访·

文熊《梅兰芳安然归来 暂拟息影红氍毹》,旁边还有一张"梅兰芳近影"。

梅兰芳行将返沪的消息,粉碎了他溺死在海洋里的谣诼,全沪"梅迷",皆大欢喜,拭干眼泪,盼望梅博士"从天而降"(乘机飞沪),然而日复一日,梅兰芳回沪依旧是"只闻楼梯响,不见人下来",于是怀疑纷起——以为这又是个谣言。

终于在七月廿六日的午后四时半,这位阔别五载,使人望眼欲穿的"缀玉轩主人"梅兰芳,在大场飞机场出现了。回沪的消息,现在是千真万确地被证实了。

"梅兰芳老得多了。"这是我见到梅兰芳后,脑中浮起的第一印象。他的脸庞是那么的清瘦,精神又不振作,而嘴唇上留着的一撮短髭,更显出他苍老的姿态。

大场飞机场位于上海市宝山区大场镇,一九三八年侵华日军所建,占地四千一百三十六亩。抗战胜利后,由国民党军队接管。一九五三年三月由海军航空兵部队管理,为军队服役机场。

梅兰芳是乘飞机回到上海的,那么张爱玲在船上看到的那个人绝不可能是梅兰芳。

三、一九四二年八月,蒋兆和到上海办画展

蒋兆和最著名的画作莫过于《流民图》了吧,偏偏在一九四二年这幅名画在上海不幸遭遇了大难。

蒋兆和的油画处女作《黄包车夫的家庭》在一九二九年上海举办的"全国美术展览会"上引起了美术界的注意,徐悲鸿给予蒋兆和很大的赞许,鼓励他"在艺术上要走写实的路"。正是这幅画,奠定了蒋兆和成名的道路,也坚定了他一生致力于水墨人物画创作的艺术原则。周作人对蒋兆和的画也有好评,他在比较丰子恺与蒋兆和画的阿Q时说:"阿Q近来也阔气起来了,居然得到画家给他画像,不但画而且还有两幅。其一是丰子恺所画,见于《漫画阿Q正传》。其二是蒋兆和所画,本来在他的画册中,在报上见到。丰君的画从前似出于竹久梦二,后来渐益浮滑,大抵赶得着王冶梅算是最好的了,这回所见虽然不能说比《护生画集》更坏,也总不见得好。阿Q这人,在《正传》里是可笑可气而又可怜的,蒋君所画能抓到这一点,我觉得大可佩服,那一条辫子也安放得恰好,与《漫画》迥不相同。"

蒋兆和一九四一年九月曾在日本东京举办画展,在占领国日本举行个人画展,成了蒋兆和人生的"争议点",

巨变的时代必然留下仓皇大遗憾。蒋兆和几十年后在回忆《流民图》时说过一番似辩似怨的话："如果我去了法国，我画不出《流民图》。如果我去了延安，我画不出《流民图》。如果我去了重庆，我画不出《流民图》。《流民图》是只有在沦陷区才能产生的作品。"动乱年代似乎比和平时代更适宜产生伟大的作品，不然无法解释蒋兆和与《流民图》，还有同一时期的张爱玲与《传奇》。

在北平遭到禁展的《流民图》到上海来展出，何曾料到，这次展览使得"长二十七米，高二米"的巨作《流民图》遭遇到了比禁展更可怕的万劫不复的千古遗恨。展出一星期，《流民图》被一强权者"借"走，这一"借"从此就再没还回来（一九五三年，《流民图》神奇地出现并回到蒋兆和手里，不幸的是，二十七米的长卷只剩下一半约十四米的残卷了，另一半至今下落不明）。幸而蒋兆和在画卷完成后印制了五十套照片，并留下十张玻璃底，才为以后的补画和复制留下可能。

四、一九四二年，"甜姐儿"黄宗英在上海登台

五七版的电影《家》，黄宗英饰演的梅表姐，郁郁而生，忧忧而死，看得叫人气闷死了。孙道临饰演的大哥觉新，

只会说一句："梅，你躲我？"黄宗英三岁时叫孙道临"以亮哥"，黄宗英的大哥黄宗江与孙道临从小学一年级起就是同学。黄宗英是表演得好吗？我原来这样以为，待看到刊物上黄宗英写自己和别人写黄宗英时，才明白"身世之感"与演技之间的互相渗透。黄宗英表演得非常出色，没有几个镜头的梅表姐，隐约影射了黄宗英十八岁时遭遇的人生最大打击。当年黄宗英还算年轻(演《家》时才刚刚三十岁)，再晚几年，我们就看不到现在这个样子的梅表姐了，不早不晚，以后黄宗英渐渐疏远了银幕。上海沦陷后，黄宗英的哥哥黄宗江选择去了大后方，妹妹却留下来从艺，对于那个时候的个人去留选择的评价，落到每个人的档案里，多少是个麻烦。

刊物对演艺界给出的篇幅相对比较多，那时还不到二十岁的黄宗英，刊物有一回竟拿出一个画页登载了她的三张生活照，这样的偏爱只给过黄宗英一人，黄宗英的三封私信亦得以披载，还有一篇采访记和夹在别人文章里的她，这些加在一起，那几年有关黄宗英的内容相对完整了。我从对黄宗英的电影感兴趣慢慢发展到喜欢搜集所有关于她的旧资料，在这本杂志上的发现，似乎对我最有用，连带着把一些始终搞不清串不起来的人事也初具眉目了。彼时,与黄宗英走得近熟的人大致有:李德伦(著名指挥家)、异方(郭元同)、丁力(石增祥)、石挥、黄裳、陈传熙。和这些人熟,还是因为但凡是她大哥黄宗江圈子里的朋友最终都成了她的朋友,好像黄宗英自己不会发展朋友似的。

异方是黄宗江燕京大学时的同学,后来成了黄宗英的新郎,最惨的一幕就发生在新婚当天。新郎突然病倒,"勉强被搀扶着行过'昏'礼",十八天后的深夜,新郎在羊市大街医院(今人民医院)病逝。如此如戏如梦,使"我(黄宗英)总把戏、梦、人生分不清,掰不开"。《杂志》里竟然还有两张异方下葬时的照片,一身白衣臂戴黑纱的黄宗英悲伤欲绝地守在墓穴边。为了化解这巨痛,黄宗英在北平香山过了半年"信教"的生活,直到有人来接她去上海演戏。在"故都来鸿"内,黄宗英写道:"我的丈夫悄悄地离开了人间,他生没有做什么轰轰烈烈的大业,死也没有留下万古不朽的大杰作,月白风清之夜,辗转相思,每念人世之不可解,既生之,又死之,短短二十三年的奔走劳碌,算什么事?算什么事!一日偶翻案首,得此录之,慰我夫在天之灵,也引以自慰。他曾勇敢地留下足迹到水边去,千万的足迹踏成了平地,千万的尸骸堆成了渡桥,其余的便都过去了。一九四三年岁暮于香山一棵松。"这段不长的悼亡夫文,不太像一个十八岁女子写的,几十年后黄宗英忽然转行成了作家,我们从这里可以看到她具有写文章的潜质。

对黄宗英一生走向影响最大的人无疑是大哥黄宗江。《寄大哥》在《杂志》上发表的时候,黄宗英已回到上海,而黄宗江已与黄裳搭伴"入蜀"了,少了那么多朋友围伴在身边,黄宗英变得独立而坚强——"我在想,我从前的好哭好烦,都是你们娇惯了我。我哭了,你们就哄我;我气了,你们就对我特别好;我病了,你们就在家陪我讲故事,你们又似乎时常在欣赏着我的眉尖轻蹙,嘴儿微噘,于是我也就自然而然地多愁善病起来。现在呢,元同(注:异方)死了,你也远在数千里外,剩我一个人在这孤零零的小亭子间里,与那戴了防空帽的可怜的台灯为伴。外面是没有月亮的夜,下着雾一般的小雨。弄堂里静悄悄,整幢房子看不见一丝儿光亮。如果我从现在开始酸鼻子、流眼泪、张嘴、抽肩膀——哭,恐怕哭到太阳出来也没人来理我。如果我一生气,砸碎一个茶杯,那也只好劳驾自己的两条腿,到楼下人家去借扫帚和畚箕。所以我学乖了,不再哭了。照照镜子,笑脸是比哭脸可爱。在实生活方面,我还是本着你的戒妹条例,依旧是很严肃的在计划着学,不断地学。"

今天黄宗英还住在上海,但已是久卧病榻了。我一想起七十年前的"甜姐儿",总感觉人生如戏,戏如人生,每天都在上演着不同的剧目。

二〇一二年四月十八日

自编自演之"南玲北梅"

"南玲北梅"算是个半老不新的话题,现在重提,我也觉得没啥意思了,因为这个话题还是面对面地辩论比较有意思,也比较能够说得清楚,而在纸面上争论来争论去,永远像是"捣糨糊"。既然觉得没意思,"为什么你还要一写再写呢?"——有人如此质疑我。我忽然发现破解"南玲北梅"这道伪命题很像上初中时解几何题,已知条件越多,解题就越容易。现在我手头的材料足够给出答案了,我带着愉快的心情来解这道题,有知识的"白相人"爱说什么说什么。为了把话说清楚,分"自编"与"自演"两部分。

一、梅娘自编"南玲北梅"

先说我手头的材料,所谓材料并非如何机密或如何神秘(只有"领受文学赏的梅娘女士"照片,乃第一次披

露）。但是一旦将这些唾手可得的材料全部摆在眼前,稍加分析串联,"南玲北梅"之真相便昭然若揭:

1.陈放《一个女作家的一生》,《追求》杂志一九八七年第四期。

2.陈放《一个女作家的一生》,《星光》杂志一九九三年十月(总第五期)。

3.张泉《沦陷时期北京文学八年》,中国和平出版社一九九四年十月。

4.梅娘《往事》,一九九五年二月作。

5.梅娘《我与张爱玲》,一九九六年初冬作,一九九七年四月刊于《中华读书报》。

6.梅娘《记忆断片》,一九九七年四月应《现代家庭》记者之约作。

7.梅娘《北梅说给南玲的话》,《北京青年报》二〇〇一年十一月二十七日。

8.张泉《抗战时期的华北文学》,贵州教育出版社二〇〇五年五月。

9.梅娘《梅娘近作及书简》,同心出版社二〇〇五年八月。

10.止庵《关于"南玲北梅"》,《中华读书报》二〇〇五年十一月三十日。

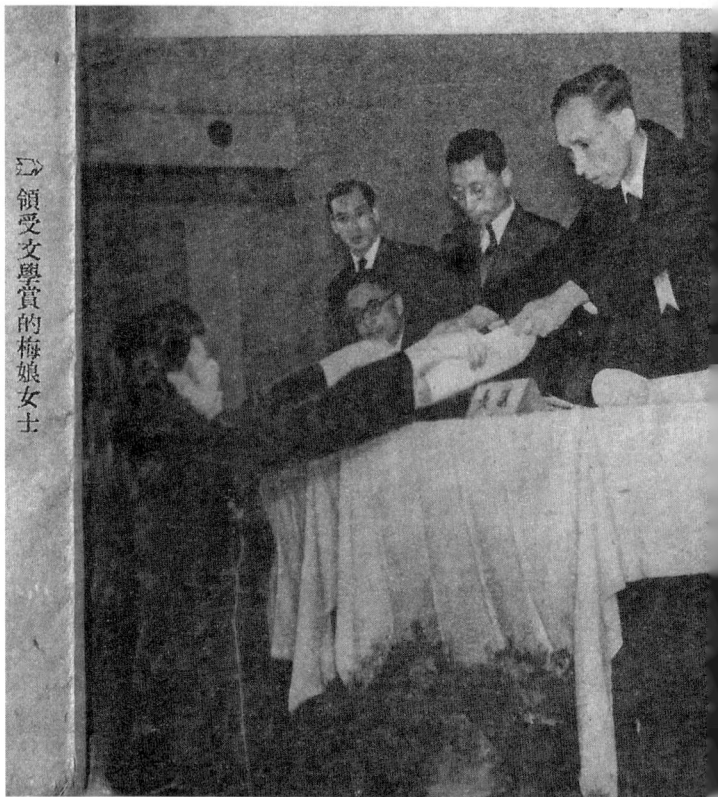

领受文学赏的梅娘女士

11.郝啸野《梅娘的回忆可信吗?》,《中华读书报》二〇〇六年一月十八日。

12.张泉《也说"南玲北梅"——兼谈如何看待"口述历史"》。

13.刘琼《从"南玲北梅"说起》,《人民日报》二〇〇六年三月十七日。

14.北京上海沦陷时期所出期刊几十种(本文所涉及的《中华周报》乃北京出版)。

张泉说:"就我目前为止的视野所及,'南玲北梅'说最早见诸陈放的文章《一个女作家的一生》(刊于《追求》杂志一九八七年第三期):

"一九四二年,北平的马德增书店和上海的宇宙风书店,联合发起了'读者喜爱的女作家调查',调查结果,南方的张爱玲和北方的梅娘,是读者最喜爱的两位年轻的女作家。从此,文坛上出现了'南玲北梅'之说。"

那么,《一个女作家的一生》是篇什么样的文章呢?我把一九八七年所出的六期《追求》全买了来(幸亏全买了,因为陈放的文章未刊在第三期,而是在第四期)。六期全买大有意外之收获。陈放《一个女作家的一生》是他的"准报告文学"系列的第二篇,第一篇是刊于该刊第二期的《"服装女皇"与潜在的激流》。这位"服装女皇"真名单小燕,陈放称:"我的电影剧本《时装模特之死》由长春电影制片厂投入拍摄。导演广布道尔基请我帮助挑选演员。导演把三大本相册摆在我的面前,征求我的意见。"

单小燕就占了两大本。"第一眼,我就认出了她,单小燕,相册很厚,有几百张,都是她。"陈放写道。

到了《一个女作家的一生》,陈放加了个副标题——"《女人的研究》系列,准报告文学之二"。文章开头的小题是"一组特写镜头",里面分"镜号1,2,3,4","镜号4:南玲北梅",劈头就是那段疑窦重重的话(与张泉所述略有出入):

"一九四二年,北平的马德增书店和上海的宇宙风书店,联合发起了'读者喜爱的女作家'的调查活动。调查结果,南方的张爱玲和北方的梅娘,是读者最喜爱的两位年轻的女作家。从此,文坛上出现了'南玲北梅'之说。"

梅娘在《一代故人》(原刊于《博览群书》二〇〇〇年九月号)里,专门引了陈放《一个女作家的一生》里的一段赞美的话,还说:"推算起来,陈放怕也有五十岁了,在当代青年人眼中,是老陈了。"文中也错记成"一九八七年《追求》三期"。

时间到了一九九三年,陈放的《一个女作家的一生》又刊在《星光》杂志上。《星光》杂志是我当年从创刊号一本一本连续在报摊买的,它的外观比《追求》豪华多了,用纸也好,内容也有我感兴趣的。第二期有篇谈一九四九年之前旧期刊的,我当时正热衷搜求民国杂志,情不自禁地往编辑部打电话询问该文作者的情况。原来作者是中国期刊协会会长张伯海先生。十几年后我和张会长还通过一次电话。

《星光》所载《一个女作家的一生》,文字与《追求》一模一样,不同的是在目录页该文标题下加了一段按语:"四十年代,女作家中有'南玲北梅'之说,'南玲',指张爱玲,'北梅'呢? 半个世纪过去了,在北京农业电影制片厂,我们找到了当时的'北梅'——梅娘,遂揭开一段尘封的往事,一个传奇的故事。"

如果没有看过一九八七年的《追求》,读者会以为陈放是一九九三年刚刚采访梅娘的,事情越来越像一个精心设计的局。还有一处不同,这回的文章配了两张照片,一张是"五十年代梅娘和孩子在院子里",另一张是"八月二十七日梅娘同前来访问的日本早稻田大学教授岸阳子先生在家中合影"。事情不止于此,接着陈放的文章后面是署名"阿一"的文章《梅花香到老——女作家梅娘近况》,开头说："最近,《星光月刊》要刊登陈放的文章(《一个女作家的一生》),他们知道我认识女主人公——梅娘,便请我谈谈她的近况。"

阿文配了一张梅娘的生活照。阿文无意之中戳开了陈放的穿帮,阿说:"梅娘的女儿现定居加拿大,外孙女也在那儿",而陈放一九八七年那句"今日活跃在影坛上的青年女导演柳青是她(梅娘)的长女,所以有时她也用'柳青娘'这个笔名"。到了一九九三年人家已经去国万里却仍一字不改。由于柳青与陈放是同行,所以陈放才能知道有个梅娘"大隐于市",所以陈放才可能采访单小燕和梅娘这两个看似毫不搭界的女人(实际上有一根线牵着,这根线就是电影),所以有知情人称,柳青(柳青在电影《祖国的花朵》里扮演高桂云)也参与了"南玲北梅"的出炉。

我们都知道报告文学是必须采访本人的,所以从表面上看是陈放最先提出"南玲北梅"说,而梅娘好像只是附和其说。实际上,陈放的文章是在采访梅娘后撰述并刊发的,所以有理由认为"南玲北梅"的说法最先出自梅娘之口,而陈放只不过是个转述者。正因为出自梅娘之口,所以这个编造出来的"南玲北梅"才符合编造者必有的编造动机(梅娘自己坦承:"《侨民》的修改,反映了我的一种急功近利的心态,我在极力洗刷我的汉奸文人,其实这没必要,很愚蠢。"见二〇〇三年三月二十七日梅娘致景玉信)。又由于时隔四十几年老作家记性差了,且梅娘是北方作家,所以"南玲北梅"中的两大破绽"一九四二年"和"宇宙风书店"是因为梅娘不熟悉上海文坛不熟悉张爱玲造成的。为什么"北平的马德增书店"梅娘搞不错呢,因为这个位于东安市场里的书店经常代销梅娘的书,常与梅娘打交道。

说到这儿必须交代一下陈放的情况了。

陈放,黑龙江哈尔滨人,一九四四年出生。"文革"中被打成现行反革命,受迫害达十二年之久。一九七八年平反后任《华人世界》主编,《星光》月刊常务副总编。一九七八年开始发表作品。著有小说集《第七圈第二环的两个女人》,报告文学《中国硅谷》,电影文学剧本《女模特之死》(已拍摄发行),电视连续剧剧本《都市危情》《撞击世纪之门》等。长篇小说《天怒》(《天怒人怨》)译有韩、日、法、英外文版本。《撞击世纪之门》获飞天奖,《中国硅谷》获火凤凰杯一等奖。二〇〇五年十一月十九日因脑溢血在北京病逝,享年六十一岁。

二、梅娘自演"南玲北梅"

梅娘说出"南玲北梅"之后,开始自我表演,这是老作家晚年最大的败笔,十分令人痛惜。越表演破绽越多。上述止庵、郝啸野的文章已将破绽揭露得近乎体无完肤。

"南玲北梅"最大的破绽是"联合发起"这四个字,也就是郝啸野文中所说的"当时北平和上海两地的文化界实际上处于隔绝状态(日寇对东北、华北、华东及华南等占领区,一直是实行'分而治之'的),更不可能有京沪两地的书店联手开展读者的问卷调查活动了"。

近年相继有《华北伪政权史稿》《华北沦陷区日伪政权研究》《伪满洲国文学》《汪伪政权全史》等专著面世,里面大量的原始档案材料完全可以佐证郝啸野的观点。

梅娘的表演,均有她自己的原话白纸黑字地印在书里(《梅娘近作及书简》),凡涉及"南玲北梅",居然没有一件事情是真实可信的,这就不像有些人为其辩解为"老年的失忆"能说得通的。

1.《记忆断片》:小队长问了:"你和张爱玲齐名,为什么'大东亚文学奖'给你不给她,这是什么原因?"

2.《记忆断片》:大队长一锤定音了!他更重重地

加了一句:"你当然也知道,张爱玲叛国投敌,栽到美帝的怀抱里去了!"

呵呵,一九五八年劳动教养所的大小队长就知道张爱玲了,比夏志清还早。

3.《我与张爱玲》:正是那年的夏初(一九四二年),北京市有一个在中南海招待"名人"的赏花游园会。有人说:张爱玲从上海来了。原本不打算游园的我,兴冲冲地赶了去,为的是一睹这位才女的风采。又是一次难以分说的遗憾:在众多的仕女中间,千寻万觅,找到了一位似乎是张的女士,那人穿着绛红配有大绿云头的清式半长上衣,长发垂肩,被男士们簇拥着,在太平花甜香的行列中走来,衣着色彩的炫目,衬得白花极其淡雅。因为在众人的簇拥之中,我不愿插足进去,因此未能搭话。

关于梅娘的这段绘声绘色的杜撰,止庵文章称:"可以断定,那位'似乎是张的女士'并非张爱玲,因为一九四二年她根本未到北京。"我要补充一点,梅娘关于"似乎是张的女士"的服装的描述是从张爱玲的文章里生吞活剥来的。

4.《我与张爱玲》:一九四四年的冬天,上海飘着冷雨,兰心大戏院正在排练张爱玲亲自改编为话剧的《倾城之恋》。朋友们劝我去看看，就便结识张爱玲。我们赶到兰心，排练已经结束，在众人簇拥中走向台下的张爱玲，长发披肩，一件绛红的旗袍，直觉，正是她为流苏界定的怯怯的身材。因为她在众多的名艺人中间，我不便上前搭话。

这又是梅娘的杜撰。事实是，一九四四年十一月十二日至十四日，"第三届大东亚文学者代表大会"在南京举行，梅娘参加并获奖(梅娘作品《蟹》获"第三届大东亚文学赏")。会后是有部分华北代表(杨丙辰、林榕、侯少君、萧艾)去了苏州和上海，但是梅娘并没有去上海。张泉说："但上海《杂志》上的纪实文章报道说，梅娘来的晚，走的早。我揣测，这大概是因为她的第二个女儿出生才三个多月，不宜离开太久。"查《杂志》一九四四年十二月号杨光政《中国文学年会记》，内称梅娘"因偶患小病"未参加十一月十一日的"中国文学年会"，但是第二天开幕的"大东亚文学者代表大会"，梅娘赶上参加了。杨光政写道："梅娘为柳龙光先生之夫人，是一摩登化的女作家，著有短篇小说集《蟹》，得到了此次'大东亚文学奖'，此外有《鱼》等小说集，因此赵荫棠先生戏呼为'水族馆(在天津)主'；闻已有两个女儿，因生产未久，体颇娇弱，唯在大东亚文学会议上颇为活跃,会后即首途返平,看护小女儿去了。"

5.《我与张爱玲》:一九九五年初夏,我有机会在美国逗留,托《中国时报》的朋友帮我联系张爱玲。很想跟她侃侃诸如女儿心等等的话题,得到的回答非常干脆:"陌生人一律不见!"我当然是陌生人了,难以分说的遗憾又一次袭上心头。

一九九五年初夏梅娘是否在美国逗留过?有这个可能,但是最大的可能只是在美国领空掠过。我的根据是,一九九五年三月二十二日梅娘在加拿大(柳青定居在加国)写给刘小沁(《当代》杂志编辑,曾编辑《南玲北梅》一书,一九九二年海天出版社出版)的信中说:"去年七月来加后,言语关像一堵厚墙,实难通过。我决定六月归去!"而梅娘真正到了美国,是在女儿柳青定居美国之后,时间已是张爱玲去世之后好几年了(《梅娘近作及书简》里有几封信可以佐证这个时间是在一九九五年之后)。

至于"陌生人一律不见!"则近乎笑话,先不说张爱玲买不买《中国时报》的账,也不说张爱玲不接电话不拆信不开门的自绝于人世的禀性,张爱玲是不见就是不见,并无生熟之分。张爱玲飘飘乎如遗世独立,正是梅娘最缺少的品质。梅娘说"愧对并称"，总算还有一点儿自知之明。

  6.《北梅说给南玲的话》：而今，张爱玲带着她的冷隽之爱走了，并称的我却仍滞留在这恩恩怨怨的人世之间。我渴望与她对谈，说说姐妹之间才有的悄悄话。甚至狂想，能把一位倜傥的男士推荐给她，免得她在汽车旅馆里，独自伴着流徙，与孤寂相随，与跳蚤相斗。望着纯静的蓝天，望着携带退思的行云，我这个"北梅"说给"南玲"的心里话是："女人的环境在逐渐改善，你放心吧！"

这段话没有杜撰，没有可疑的故事，完全的梅式抒情。可是却几乎将我对老作家最后的敬重、最后的同情、最后的理解，一扫而光。

  7.《我与日本文学》：《鱼》《蟹》先后得了"大东亚文学奖"之后，使我困惑了好长时间，我没有为"大东亚的文学共荣"做出过贡献，为什么要颁奖给我？尽管这样想，我仍然没有去领奖。

对此，我不得不拿出这张梅娘领奖的照片，内心五味杂陈，真是抱歉得很。在真相面前，谁也没有特权。

二〇一四年四月十四日

日据时期文艺刊物经眼录(北平篇)

本文乃我设想中的"京沪宁日据时期文艺刊物经眼录"的北平篇,接下来要写的是"上海篇"和"南京篇"。北京和上海是传统出版业发达的城市,上海在期刊出版品种和收藏数量上遥遥领先于北京。据资料显示,上海图书馆收藏一九四九年之前的杂志约一万八千种,北京(国家图书馆)仅约九千种。南京无法与京沪相比,但是由于南京在日据时期的重要政治地位,所以有必要在"经眼录"中为其预留位置。

一九二八年国民政府迁都南京后,北京改名为"北平",一九三八年日本占领者又将北平改回"北京",而沦陷区的人民心怀故国之思,仍口口声声"北平""北平",这种压迫下的"北平"便具有了特殊的意味。这也是我用"北平篇"而不用"北京篇"的原因。

传统的古典的藏书理念中是没有"杂志"一席之地的，这不该责怪人们的轻视，毕竟中国产生现代概念的"杂志"不过百余年的历史，而且直至上世纪二十年代"杂志"才在长期的步履蹒跚后站稳脚跟，继而于三十年代达到高峰，甚至一九三四年被称为"杂志年"。

　　日据时期所出的文艺刊物，从时间上划分，是一九三七年七月至一九四五年八月；从品种上划分，以张泉先生的标准是(1)相对超脱的校园刊物；(2)情况各异的民办刊物；(3)形形色色的官办刊物(见张泉《沦陷时期北京文学八年》)。

　　我收集这一时期的文艺刊物，一开始完全是无心的，只是凭感觉，这是一群新文化运动中闻所未闻的作家，这是以前教科书中从未读到过的文风。十几年前的某一天，我在中国书店见到一堆已打成捆的旧杂志，一水儿的日据时期所出刊物，问了问管事的，他告诉我是日本某文化机构定购的，挑选好了暂时存在书店。这件事引起我的思考，为什么我们自己的文学研究者视"沦陷区文学"为"禁区"而日本方面却如此重视文献的收集？从某种意义上讲，完全是日本一手造就了"沦陷文学"。从这之后，我将搜集这一时期的文艺刊物视为一个主要的藏书专题，且

略具规模,重要的期刊大体完备。每当回忆起那段辛苦而心酸(没钱买不起)的猎刊岁月,就激励自己把它们写出来。

北平沦陷八年时期所出的文艺刊物,总品种不及百种,刊期最长的不超过八年,最短的仅一期即止(譬如报纸型的《文笔》杂志至今公私藏书皆未见实物)。我以为重要及比较重要的刊物是:《艺文杂志》《中国文艺》《中国文学》《国民杂志》《新民半月刊》《新民声》《辅仁文苑》《朔风》《立言画刊》《实报半月刊》《中华周报》《学文》《艺术与生活》《新光杂志》《文学集刊》《沙漠画报》《燕京文学》《北大文学》《长城》《华光》《三六九画报》《吾友》《华北作家月报》(以上刊物寒斋均有收藏,但不是每个品种都是首尾相接的整套。全品种全份,恐怕公立图书馆也不敢夸口)。

以个人的实力很难反映这八年文艺刊物之全貌,但这些刊物的典型性确实能代表沦陷文学的整体水平,我为此而付出的心力也多少得到些慰藉。下面简略地介绍几种。(下略)

二〇一三年十二月十六日

辑 二

猎书忆旧（附《蕉窗话扇》书话）

如果说逛商场买衣服是女人的偏好，那么男人的偏好该是遛书摊淘旧书。大藏书家郑振铎喜欢旧书，几乎成了癖好，用他习惯的话来讲，"喜欢得弗得了"。阿英也如是，"只要身边还剩余两元钱，而那一天下午又没有什么事，总会有一个念头向我袭来，何不到城里去看看旧书？"以疑古闻名的钱玄同，几无一日不逛琉璃厂书肆，人赠"厂甸巡阅使"之雅号。

比起资深的前辈"猎书者"，余生也晚，虽然没有从前那样的"好书时时见"，若常逛，也还能有所得，偶有大获，竟"洗袋"而归。凡淘书者，莫不对鲁迅著作的重要版本特加关注，而我又加一个"更"字。尽管书柜中已藏有"百年版"与"五八版"两套《鲁迅全集》，仍不甘心，四处探访"七三版""鲁集"，七三年版是新中国成立前"三八版"的重版，

"三八版"连普通图书馆都不存,个人就别存奢望,还是退而求其次,"七三版"志在必得。虽仅隔二十几年,找起来也不是想象的那么容易。书店都留下了书单,相熟的书友也都告之我的"大索"。

淘书,我是相信"书缘"的,心诚则灵。近日亲手访得"七三版",圆了我的"鲁集"梦,此次所得还是珍贵的甲种"出口本",用掉了一个月的工资,值!当年的售价即为八十元,普通人一九七三年的工资还达不到这个水平呢。

真正急着找书买书的,可绝不能到旧书摊,那儿太乱了,书架上横七竖八杂乱无序,如果急着找特定的一本书,真能找出病来。店内狭窄而且空气沉闷,灰尘厚积,稍一翻动,飞扬扑面,太不卫生了,要不然为何鲁迅进旧书店时会让许广平领着海婴在外面等着呢。

《蕉窗话扇》,古董专著,线装铅排,大书家张伯英题签,单边、小黑口、半页十行、行十四字,我得自琉璃厂。当时架上还有两册,我缺乏"复本"意识,只挑了品相较好的一册。今夏,中国书店大众书刊拍卖会上,第262号拍品即为此书,最后成交价为三百八十五元,顿生悔意。好书存复本,以书养书,不失为爱书人的书资来源。看到自己所猎之书上了拍卖,也是一种自足,至少证明自己眼力不

蕉窗話扇

戊寅仲春
張伯英

弱。某日，逛地摊，有两个年轻人卖些零件古董，我一眼就注意到其中的一件大册书，拿到手里，果然稀见——《中国历代名画选集》，香港幸福出版社一九六一年编号发行，我所得为"0011"号，八开精装巨制，富丽堂皇，名画自唐韩幹《牧马图》至清邹喆《松林僧话图》凡一百二十篇。书友见此书，皆甚羡之，须知编号书也是百不得一啊。

夜里静坐在孤灯下，一本一本地整理白天从旧书摊捡回来的几摞书，擦掉书上的灰尘，补齐封面的缺角，抹平书页的折痕，那情景，与孤儿院院长为捡来的孤儿洗澡穿衣理发，庶几近之。某年春天，寒舍失盗，损失很小。警察出现场时，指着四壁的藏书对我说："小偷偷错了人家，这家没钱，钱全变成书了。"

一九九六年六月

附《蕉窗话扇》书话

《蕉窗话扇》，线装一册，长宽为 26cm×15cm，呈狭长型，与普通书型有别。大书法家张伯英题写书衣题签。张伯英乃光绪朝举人，精金石碑帖之学，享盛名于书界，琉璃厂有几家老字号的匾额出自张伯英之手，今天人们依旧可以欣赏到。扉页题签出自南社金石名家寿石工的手笔。

本书作者白文贵，北京人，其书斋号"蕉窗宜雨馆"。《蕉窗话扇》由琉璃厂文岚簃印刷，这条街上的伦池斋和富晋书社帮助销售，书是白文贵自己出钱，于一九三八年四月出版。

《蕉窗话扇》分六大类：一远溯；二羽扇；三纨扇；四其他各扇；五折扇（附扇骨、扇页）；六杂说。羽扇多产自浙江湖州，因地滨太湖，多野鸟，采鸟羽洗刷编制而成，清代张燕昌《羽扇谱》云："其产以湖州为盛。"现在生产羽扇多为工艺品制作，实用价值减少。

折扇现今仍大行其道，常见围棋名手，手执一柄，把玩掌中，旋转往复，于黑白之间捕捉胜机。折扇以竹、木、象牙等做扇骨，以纸或绢素裱成扇面，可以折叠。扇面盈尺之地，后来又演变为书画家舞文弄墨的对象，艺术价值越来越高，扇子的使用功能倒退居二线了。前几年山西某出版社重版《蕉窗话扇》，已远失老版风采。

《名家日记》

日记是最私人化、最自由的写作体裁。近代最著名的公开出版的两部日记是：李慈铭（1830年—1895年）的《越缦堂日记》和鲁迅的《鲁迅日记》。学者邓云乡最推崇李慈铭的日记——"在近代，日记写得最漂亮的是李慈铭……可以说是日记中的绝代巨著"。鲁迅持不同看法——"我觉得从中看不见李慈铭的心，却时时看到一些做作，仿佛受了欺骗"。鲁迅所指李慈铭日记中的"做作"，是因为李慈铭在记日记时脑子里总想着有一天自己的日记有可能"蒙御览"——皇上要看，所以时不时地在日记中抄"上谕"，抄"宫门抄"，写些迎合最高统治者的言辞。日记记到这份儿上，够累的。

市面上比较常见的是"名人日记选编"一类，近日入藏一册《名家日记》，一九三四年上海新绿文学社编

名家日記

新綠文學社編 · 文藝書局出版

选,距今整整八十年矣。更可值得一提的是,编选者的眼光不落俗套,虽着眼于名家,但却另辟蹊径,不用编年法,"却是采取分类的方法",使得看似杂乱无绪的日记,竟然梳理得井然有序,虽然这样的硬性归属有些牵强。其中,编者将《胡适日记》归入"修业日记"——"全部描写胡适在美国的留学生活",将《吴稚晖日记》归入"社交日记"——"叙述吴稚晖民国十三年北京生活的社会活动",将《鲁迅日记》归于"感想日记",将《徐志摩日记》归入"恋爱日记",将《郁达夫日记》归入"文艺日记"。

学者杨振声(1890年—1956年)说:"社会是一个化装跳舞场,每个人都在装扮下登场。在这种场面上,每个人都隔着面具相窥探,他看不清对方,对方也看不清他,于是各在朦胧中敷衍着大家的日子。唯在下场之后,各人回家锁上门,卸了装,他或她将感觉一日扮演之劳苦,弛然自解其束缚,恢复了他们自己。在这时,假使他或她感觉欺人容易、自欺困难的话,会有一种自己的招状发现,而这种招状每每在一种最自然的文体中流露出来,那就成为某一种日记,这某一种日记常常比游览日记及读书日记更有价值,因为它告诉我们人类的秘密，尤其是在旁处不能发现的时候。"日记，大概就以此种招状型为最高境界。

二〇〇六年九月

柳雨生《沦陷日记》

　　柳雨生(1917年—2009年)的这部日记发表在一九四八年上海《好文章》杂志上,当时用的不是本名而是化名"吴商"。化名和笔名是不一样的性质,笔名是主动的隐身,而化名是被迫的。柳雨生在上海沦陷时期采取"出世"的态度,非常活跃地抛头露面,战后受到惩处自是难免。柳雨生吃一亏长一智,获释后立刻选择去了香港,开始了下半辈子的新生。所谓下半辈子,其实柳雨生当年不过三十岁出头,好日子还长着呢。果然,柳雨生后六十年搞学术研究,获得了很高的声誉。他后来绝口不谈自己的过去,可是若要研究那段历史,柳雨生是一个绕不过去的名字,有什么办法呢?我觉得将这部《沦陷日记》抄录下来作为资料来研究,不失为一个办法。在我了解的范围内,即便是较为成熟的研究者,由于缺少原始资料,亦常常说傻话。日记所记"肆",有时指书肆、食肆。此外另有隐情,"肆"乃太平书局,该局由日方掌控,陶亢德、柳雨生乃前台经理。到了一九四八年还好明说吗?所以均以"肆"代之。日记中"晨闻悉昨夜事,系游击队袭倭寇,闻声数响",我怀疑"倭寇"亦系后改。

二〇一二年四月

三十四年一月一日　星期一

余多年辍记日记矣。最后之记,在十二年前。

晨起觉甚燠,被中闻屋外鸟语,时已八时。与佩兄谈,乡间坟旁多有砌空成丁财二字者,吾人爱说添丁发财,此又一证。屋外旷野有霜,天爽朗,日涌赤橙色。今岁元旦余在乡间。回忆元日余不与家人聚者凡数次:(一)民廿五,(二)廿六年,(三)三十一年,此为第四次。

一月二日　星期二

今日所获诸信中,得一贺年油印信,外皮一面绘彩色飞机,一面系英文祝辞(词),丌柬则华文,满纸激人奋起之抗日语句,尾用"祝民族解放敬礼"作结。系邮递来,书余弄为六三七弄,误矣,而竟投达。晨十一时方兴,昨夕误碎表玻璃,出外配好,价二百。

过汕头路,见围观放鸟者,掷空丈许旋自返饲者手。宁波路旁有多摊售鲜鱼虾,思得一鳜鱼,逡巡终却,亦不谙还价。见有市二尾者,索四百五十元,购者称之得一斤二两,议秤不合亦罢。

一月三日　星期三

赴卢宅,访若兄尚偃眠地铺上,闻不久迁居。谈所闻硕亭走任"某省"政,朋辈颇多钻求。其选人之法,在于求自效。闻吴玉才、锺叔良等均黉夜入"都"谋职。吴公云:无火车票则觅黑市,无车则舟,不则行路。此深知硕亭三昧者也。然乱世渴求贤,主事者又当善审辨其贤,贤者肯自投效耶?若兄复云,某日报总编辑项君因人事不协谋北来,硕亭告立卢当使之自陈窘况,盍电告,立卢复不电,而使若兄电告之宜转乞立卢。若兄难之,卒去一函,沪✕阻隔,能达否固不计,届时能否果行,舟舶有无阻塞,亦不计也。闻此不仅硕公,系某先生心传。余告若公,今日之事以至于此,亦一因也。午,在家食。三时许,侍家严携小儿步行过观渡庐,遂止,在圆味香食点心。家严昨喟然谓久不进甜食,思食有汁甜物。今日乃进汤圆,余见价目表中有擂沙汤圆最贵,遂点食,至则圆外裹豆沙干粉,家严食之谓思得有汁水者,再进百果汤圆一,余及小儿食馄饨。余素不喜汤圆,在肆中购食之此为第一次,为博老人愁眉略舒也。

一月五日　星期五

上午到肆。午间,浩兄加菜宴客,因前生一女,夥友曾送贺礼也。庄女士来谈,至四五时,霜兄亦来。六时许,霜、宛、君浩及余相偕小宴于二马路同华楼,食二蚶子,醉蟹一,大鱼头豆腐,白蹄,烧菜心,又酒饭,共九千余元,四人分摊。余与君浩、胡、庄诸君久不聚食,无所不谈,亦自快意。然苦中作乐,是苦是乐耶。

一月六日　星期六

今晨醒已九时三刻,昨夕进咖啡,睡沉而体惫,醒则闻警报,一日内遂数作。

一月七日　星期日

昨日兰乂言,闻"海关"方裁员。此自有关以来未有也。

晚,博于吴宅,余赢数百元。迩来菲律宾吕宋战况日烈,此当为近半年一大关键。

一月八日　星期一

晨起窗外俱白,大雪纷舞。街道泥湿,清道夫绝迹。忽忆周启明有《两个扫雪的人》(民国八年一月十三日作),见《初期白话诗稿》。今日盖已无如此勤洁之人矣!

中学旧同事田君,在浦口为飞机遭难逝世。

自棋盘街至七浦路吉祥寺,洋车一百廿元。自石路南京路口双人三轮车至新闸路胶州路,六百元。

一月九日　星期二

今日雪已溶(融)化,天渐冷,深为思妹生小孩时(事)虑。

防空演习,自家步行至河南路,走约半小时。

一月十日　星期三

宜弟患病,闻系出痘。晨,以家用二万元交母亲。

《海报》今日载目前物价指数,一百元约值战前八分,则万金为战前八元,余上月收入六万余,不过昔时之五十金耳。以此撑支全家，苟不为人所谅，又何病诸！一家老小，月内再添一孩，正符八口之数。

弟弟经赵渭仙诊治，云系疫痘，无碍也。

夜访君浩，知贩绸事已妥，予所得之酬劳，约值战前一百六十元。(如论米价则尚不足也。)民国廿九年夏予与思结婚，计耗六千余金，约合现在八百万元。(此项比照，依根据"市政府"研究室资料科生活指数统计，民国廿五年之薪金一百元，约为上月份之十二万三千一百九十元六角二分。)异哉！

一月十一日　星期四

昨夕读李氏《焚书》，觉不易尽。惟(唯)知翁所引文字，颇已触目及之。宛庄来，代君浩买金子约三两，价廿四万左右，由某药房账房间经手。君浩获酬劳三十，即以治此也。

绛老函欲买北新版《风雨谈》《秉烛谈》，赴福州路亲为搜求寄赠之，价九百三十余元。

一月十二日　星期五

午间余返家，携回款十八万金，父母妻各二万元，余十二万元买日常必需物。余尚留二万,此即贩绸酬劳廿万元也。弟病渐好。

君浩购金三两许,价七万八千五百一两。余为代取归。

今日浩兄及仪庵两云:闻安徽某区行政督察周某夫妇自杀,因亏欠千余万,半数已偿,而罗君执法严也。周君二年前已习闻其入"仕途",旧本文士,尝在大夏教书。

一月十三日　星期六

下午在肆,君浩来。彼去冠生园买大面包二,有玫瑰丝者,价共四百。偕步入跑马厅翁仲旁之大观园,即大华牛乳旧址,布局巧构,有怡红院、潇湘馆诸间,地小不足云回旋。有日人亦宴客于此。此园开张未久,而日宾已至。过康乐,知朱兄在内吃点心,步行至同孚路口,共车而回。浩兄晚携酒来吃饭。

邮局罢工多日。近日久不接任何邮件,肆中亦然。报上则云已复工,且局内亦收信。

闻养农言:办杂志者"配给纸"每令之价近又大涨,将至万八千元一令。

112

一月十四日　星期日

　　三日来气候大寒。报载吕宋岛登陆战甚烈,指为大战中决定胜负之一大决战(报载本埠讯),不知其结局如何观测也。偕小儿买面包,两头尖者二枚,价五百。独赴吉美村访日者朱英,几个月前曾来,因人满离去,今日则只余一人。居楼下佛堂,一老妪貌至慈恺,先命后相,参验亦大类所见星家,而明爽过之。谓余非三十一岁后不交佳运,三十五六间防破财,四十七八间宜急流勇退,至四九后五十初,老运益隆。又称余将来有田舍之美,晚景堪娱,儿子得力。惟(唯)易招嫉忌。流年则乙酉三,七月宜防,勿多口舌卷入漩涡,正月丧病家勿去,又身弱宜自慎。余所不知可勿论,如身体云云,皆金玉也。测目前贸转,谓有人扶助,腊廿或正月惊蛰后能成,惟(唯)亦有小人,邪不胜正也,自欲立则立人,己欲达而达人,余何尤焉。三种共六百元。今日小报如《繁华报》已涨至百元矣!余颇乐此善人。人能弘道,其说之确否无足较,而己饥己溺,齐战之慎不可无也。

　　得恒之函,假中或将不来,因车票黑市昂,且旧历年须赶返虞。

一月十五日　星期一

昨夜颇寒,晨起已十时。开春后定儿将去学校幼稚园应卯,今晨雇媪送其赴试。数年前宜弟赴学之情形,不久又将重见。余于六岁时在李家入塾,当时已识多字,今定儿只略识数字而已。

馨航来,同步去五芳斋买三客烧卖,价七百五十元。步行返家,于卡德路口一肆馨航拟买一围巾,羊毛质,价万七千元,未买。云今日添置棉鞋,系北浙江路肆中购者,价亦二千五百元。路上见较好皮大衣需十四万。

一月十六日　星期二

晨步行至忆定盘路,觅得大元农场,取牛奶证金。访樊伯瀛,假以武进吕先生(按吕思勉)稿《论南北强弱》,坐谈约一小时。彼近日闭户读史,颇有所见。询以君子何所隐,有无隐于军旅者。彼谓中国思想至宋代而僵化,朝势亦浸弱,如病者讳疾忌医,颇可启发。归买药棉及纱布,布过窄为妻所讪诟。棉价亦贵于他肆。

一月十七日　星期三

闻表叔昨来吾家。晨起又迟,立志不坚,当为深戒。今日之事,保重身体,不骛女色,振饬威仪,是为要务。至洁庐,见侠儒、渭园、寄满。请渭园吃饭于明园,一炒鱼片,一牛肉,一西洋菜肾汤,价三千。又去女王吃咖啡,计一千元。约渭园来肆坐至三时。

一月十八日　星期四

过午空袭忽作,四时方解。

晚,又去浩家假得狄平子《平等阁笔记》四册,残本也。小引云:"庚子冬闲,余自日本至朝鲜,凌冒冰雪,跋履辽沈,间关至京师,凡可悲之境、可愤之事、可悯之人,接于耳目,触于心者,一一随笔记录,以备遗忘。丁未春时报馆被灾,此稿已成灰烬,今依前例续行记存,虽短书野乘,无当阙旨,然风会升降,时局变迁,有可睹焉。"丁未系光绪三十三年,夜读其书。

一月十九日　星期五

读《平等阁笔记》二册,多学佛语,间有论书画谈掌故者,唯不多耳。其说强调物由心造之说,又推崇灵学,占乩。未免失望。卷三记其闻常州天宁寺退院冶开大师言,实应界首镇有朱孝子,以剃头为业,孝行极著,李文忠曾为之建坊表旌。湘乡督两江时,召赐之坐嘱改业,孝子曰:剃头一事为吾祖业,历代相承,不敢改也。曾闻语不以为然,称为愚忠愚孝。

一月二十日　星期六

张伯行《正谊堂文集》有河地诏,句云:"你几个人欠多少粮?既是穷苦,我替你完了罢……"真自话句。

L.Z.相赠新摄照片,凡两种。午后五时许,偕去街上,遇志明于途。同食炒面,价八百。予又购鸡蛋十斤,每斤五百八十元,又在阳泰买交切芝麻糖十包。晚间,围炉与L.Z.及诸君三四人闲谈,各食一蛋。

今日午后有空袭,遥闻隆隆声,心为恻然。相斫相残,不知何时了也。晚至十时,已脱衣睡,忽闻警,被衣起,至十一时许方静睡。

一月二十一日　星期日

晨闻悉昨夜事,系游击队袭倭寇,闻声数响。

一月二十二日　星期一

上午叔良来,哓哓如昔,硕公赠其米五斗,真成为此折腰矣。余雇洋车回家,价五百,外加一百。茧翁赠著译小说八种。

一月二十三日　星期二

今晨在床闻窗外雪珠碎檐声。九时许外出,见大雪片片舞,泥泞不堪。

一月二十四日　星期三

昨夜竟夕不甚寐。生平友情,历历如绘。前夜予又梦新津,殁经年矣,晤对如生时,欢则逾恒,哭则大悲,极尽情致而无不庄之谊,真异事也。予梦中有大哭而无声,有言吾而无顿挫节族,情与思与言混成一片,唯觉尽量涌吐而已。

定儿分床后时哭泣,昨夜约一小时。呼母而母故不应,连呼数十声,断断续续呼之不已,如啼经然。忽思人儿之无母者,竟无可呼,故不应尚有应时叱时骂时,彼则真无可呼应矣。

去某报,为友人陇西等刊遗失告白,四行,共九百六十元,遇旧雨寄人篱下者,为打八折。晤侠儒,云闻"新闻检查所"易主任,黄某告以宁方将派员来调查各杂志,嘱每

117

刊醵万金为寿，可笑。今日报载新"市长"以雀牌捐近苛杂，已取消，又警局"督察处长"弃职潜逃云。

返肆作函陇西。又函 L.Z.，末尾云："尊处觉得寒冷乎。寂寞的事情大约是不大会有的。盖我辈所希望者乃是真寂寞，往往没有，去年一月六日我偕一友人去杭州，夜间两人步行湖滨堤上，浓烟笼树，水平如镜，友人欢喜连呼是梦是梦不已，而我心里的喜欢尤胜于他，因我心中无他，更觉寂寞之乐耳。"

某君言国光印刷断电，《大众》及《语林》均停中。夜访君浩，未遇，在忠清处。读其架上《自己的园地》《雨天的书》《谈龙集》《永日集》《瓜豆集》《泽泻集》等。

一月二十五日　星期四

以六万元交母亲。晚去看君浩，谈二小时，月色皎白积雪未化者薄露地面。

一月二十六日　星期五

今日耗于车资书资烟资约二千金。小三炮台售三百五十元。

一月二十八日　星期日

十时半起,漫步去看极司非而路旧书摊,予欲购林译《孤星泪》,二小册索价三百,未买。

"宣传处"澈(彻)查向刊物诈索事。报载云。廿四日予言验矣。

黍离近病肺,需款五十万,小型报人为谋救济。

一月二十九日　星期一

今日耗于车资近二千金。此是何种世界。闻通货又将有节制办法,不知能办否。闻金市已百十八万。

一月三十日　星期二

庄君来,偕去觉民配眼镜架,因予昨日偶弄坏,价千元。

见涧于墨迹印本一册,其子志潜刊印(民国十六年),记涧于甲午乙未后致李文正协揆(鸿藻)函,有裨史事,盖曾阻谏勿用袁世凯也。既为先人辨(辩)诬,且有去国之悲。

二月一日　星期四

午,偕越池赴四川路小常州食排骨面,二人吃二碗阳

119

春面,二排骨,价千三百余。见倭人就食者甚夥,欧美人必不来也。途中雨不小,余丝棉袍底全湿,泥污不堪。

五时返家,忽悉恒之妹来舍,可住一月,则思妹生产不虞无人扶护矣,为之一快。

二月二日　　星期五

今日余赴福建路某书肆购本板(版)书共十余册,价约四千,贮此以为纪念,明日书价又增。折返肆中,知上月份开支计九十余万,殊可惊人。未来长策之不筹,将伊于胡底耶。

买霍(藿)香正气丸十粒,价千余。

读董绶金《书舶庸谈》(民十五年十二月至十六年四月),前有胡适、赵叔雍序。有可录者:(1)唐写本序听迷诗所经一卷,凡一百七十行,为景教逸经最完全者。童子末艳(玛利亚)怀妊,产子名移鼠(耶稣)弥师诃。乃上天巨星厘降,所产地为拂林国乌梨师敛城(耶路撒冷)。颇与新约四福音合。经文称弥师诃,标名称迷诗所,皆音转。(2)又汪衮甫昔年任法律馆总纂,绶经任提调,今颁行之刑法,即二人改定,提资政院时,汪为议员,董为政府员,南皮方柄政,眛于大同趋势,屡事掊摘,董以一人鏖战,笔舌俱枯,议长

120

以蓝白二票投瓯,赞成者蓝票,衮甫乃蓝票勇将也！衮甫尊人为荃台太守吴中先辈,以故文章政事俱有渊源,诗学玉溪,童时已治选学,注有《法言疏证》。当时衮甫齿已五旬,董六旬。(3)日本于蒙古时代,曾遥设行中书省。

迩时欧局急紧,闻金价至百四十万。

二月三日　星期六

昨夕睡前,予在灯下读《书舶庸谈》,思妹来楼下闲话,趣味甚永。既眠,又言平英、L.Z.、顾女士诸公遇合,欢逾恒常,予十二时方眠。睡中知思妹起床二次,其第二次旋开灯,谓予:"大概是要生了！"急询之,结束起床。时约为六时。思妹自铺床褥,垫以厚布诸什物,又呼恒之妹起,移床旁箱笼及圆桌。唤顾妈起,煮桂圆汤及鸡蛋,思食之。生炽炭盆。母亲亦起身。弟弟大呼欲起看,为人呵止。同弄三十七号富医师夫妇来,各易白衣,整药具,旋思妹御黑棉袄,卧厚被中。医师夫妻在余室中碌碌,余立室外闻思妹呼痛多次,又泣唤云:"富医生！你做做好事,把一点麻醉药给我吃罢。"医生不理,饮以开水。正紧张顷,忽闻婴儿啼凡二声,余知事谐,时为七时半左右,余表适停,下楼告知父亲,其表亦正停顿。余默祷片时,生死之威,实至于此,而小孩头出片刻,身子方露,而衣胞久不出,实殊危殆,至是,医师以手压逼使出,复断脐带云。余添一女,甚壮实,而啼声不甚亮,可八磅。先是,悦思起床后,母告以顷得一梦,见旧友张太太,携其一女来,云姑留君所。异之,以告思妹及我。果得一雌,是何因缘也。九时半余外出为配药,又去银行提现款及买散装奶粉。天大雪,珠坚如碎玉,严冷异平时。

十二时出门,冒雪步行至肆。庄宛来谈。

三时许,余独去卢宅,与月禅、若公三人食点心及酒于河南路一极小肆,同乘电车返家。小肆名金荣春,在北京路、河南路间,饱(包)子味极美。

二月五日　星期一

晨送去张女士函。候电车多时,列队二长排。

今日为悦思领孕妇配给红糖,五斤,千七百十元。

连日事繁(烦)冗,又舍间节电,读书大感苦困。天气寒冽,耳冻身僵,偕浩兄雇三轮车返家。

二月六日　星期二

晨起知落雪。去银行取一万元,又在普济药房为思妹配药,其药为止内部流血用者。

月禅见告玉才兄之岳母,妻弟,弟妇俱已同车赴北平,带行李八大件,用公家封皮,特为赶刻制者也。目前旅次颇苦,闻买票数次,又托人。二等价六千余。

晚十时后电灯息(熄)灭。但七八时许闭开十余次,时或一瞬。

二月七日　星期三

晨起寒不胜,佩兄言满地皆白,起则见一片荒林,尽成雪世界,寒风袭面凉甚。

刻名字图章一,牛角质,价竟至九百元。

今日返肆未带自读书籍,无聊之极时,亦唯有烤火谭天。

二月八日　星期四

昨日托人在乡间买鸡四只,今日送来,付价款八六四〇元。又肆中年赏,予付五千。

午后二时偕盛武及 L.Z.步马路,买《大众》二月号,三百元,以赠 L 君。同去吃炒面,连赏九百。

晚过 L.Z.室,见一人寂伏看书,则《传奇》也。云楼上众人围炉殊扰扰,不如冷处为愈。促之登楼遂偕赴华君之室。智者每多烦恼。

还家母富医生费一万五千元,又以三千元交彼买肉谢富君。又二万元为家中过年。以五千元送恒之。

二月十日 星期六

晨间赠家大人万四千元。去甲长、保长、警署及物品配给第三发证所为小思奔走。

二月十一日 星期日

晨起已近九时,出携定儿及舍弟赴 C.P.C.肆饮咖啡,土(吐)司,共千六百元,偕去剃头,双倍价共二千二百。

午后步行到肆,霜兄来,知拟去嘉兴,而艰于购票。

偕君浩,霜兄去五芳斋食点心,予请也,共二千元。步行回。今日无电灯,家中甚暗,市无电车。浩兄言,国光印刷断电,《语林》等俱将易新所。

二月十二日 星期一

晨间匆匆到肆,今日甲申除夕。在肆食饭,饭后得麒电话,闻余不出门,即说来,电话匆匆亦未能卒话也。四兄来电云明日来拜年，同时送小思衣服及腊肠，可感。

外出请麒在南京路一咖啡馆吃饭后，又为市橘十只，备送俊老，晚则住俊宅一宵。余不久回家，买公成烧鸭一，价三千，后买橘十只，价二千五。鸭正家大人欲购未成者。家中买面粉一包，价万七千，予家母二万，日内粉到。佩兄送来汤饼礼一万。

晚祀祖先。菜六簋：鸡，鸭，蔬斋，肉丸菠菜，笋烧肉，鲜鱼一尾。三酒盅，三白饭，三清茶，又橘一碟，糖食一碟，则非常用。餐后乘洋车去俊宅，晤 L.Z. 及毅兄，赏其佣三千。三轮车返家，一路颇寒而有睡意。

二日无电灯，今夕七时后忽放亮。又电车亦怠工未出，已三朝矣。昨夜三四时忽闻巨响隆隆约十余，其一震波玻窗，甚可讶。尔时情状，又类民三十年冬居港，亦不知系何因。

文载道《伸脚录》日记

引语:在文载道(金性尧)的文章里,简明扼要,离他的文笔真是很有些距离。平常读他的文章还不大觉得这么厉害,这回一字一字地抄他的日记,这种感受真有些受不了。他自己也说"至此已七八千言",实际上电脑的"字数统计"是一万过了,文氏怕是未将标点计算在内吧。文载道同样也是研究上海沦陷时期文学绕不开的一个名字。美国教授耿德华《被冷落的缪斯:中国沦陷区文学史(1937—1945)》第四章《传统的复兴:随笔性散文》里有三小节,第一小节是"周作人",第二小节是"上海散文作家",第三小节是"文载道和纪果庵"。把文载道作为专论,说明文载道的文章是入流的,高于水平线的。

二〇一二年四月

编辑先生嘱为《语林》写文，一时想不到适意的题材。凑巧《风雨谈》亦因"小休"(《风雨谈》在近年来的杂志中亦可说极有地位与历史者，而竟告停刊，闻其症结亦不外纸价之过高而已，此不能不令人于惋惜之余而又为劫后文化悲观也)而将待排之拙文《甲申过眼书录》退回。兹征得编辑先生同意，即以原文塞责，惟(唯)以甲申年业已过去，似应改易原题，适此文临末有引张宗子《夜航船》序文处(见后)，遂改名曰《伸脚录》。

卅四年一月底雨夜再记

卅三年一月二十七日甲申正月初三日　星期四　晴和

连日因新年休憩，故起居也较无规律，今日兴已逾午刻。新、申两大报均停刊，余皆日出半张。然也无重要新闻。——阴历现已改为"春节"，则因迎合商家清账习惯之故。忆当年政府改用国历取缔阴历之时，颇有雷厉风行之势，当时我等虽在浙东乡下，但警局之侦查课罚也不遗余力。此举物论对政府虽有异同，然可见中国人民保守性之浓厚（保守性也分向下与堕落两面，并非完完全全的坏事体）。且曾几何时，依然恢复当年之熙攘气象矣。即以"民众

127

喉舌"之两大报而论,其对阴历之重视必甚于国历,休假的时期也较国历为多,然则又遑论乎商家哉?——虽然"今日之天下",原逃不出商业(资本)的支配,故如文化机关及舆论重镇的报馆之类,自然无法做到怎样的"出类拔萃"。况如××报等,不但其风格完全集中于"生意眼",甚至还以"商业"自命,无怪其被人称为"广告板(版)"了。

得柳雨生索文函。致采彤函,约其面谈刊物事,即送其寓。读查初日《得树楼杂抄》,涉园丛刻本,乃读书札记性者,有道光丁酉吴昂驹及乌程张钧衡跋各一。

二月三日　密雨竟日入夜尤急　星期四

将《古今》四十期原稿付排,并划(画)广告样四份(申、平、及宁之中报、时代晚报)。

薄暮自外返,泛阅《殷礼在斯堂丛书》,中多稿本抄本,东方学会印行,共收二十种,五十九卷。虽未必尽合我所爱读,大部分尚有意思,尤以明末史料笔记之什,如顾荃之《塔影园集》等。惜无时间将其中有关处摘抄一过,而内人近年为小孩故,也无空闲矣。读××杂志十一期(十一月号)。系尤炳圻自旧京带来,事前曾向其索阅者,内有集体批评"清谈文学"特辑,而以苦竹翁为的。窃意(一)目前文

128

坛似根本无"清谈文学"。(二)清谈是否误国亦颇可研究。(三)即有"清谈文学",亦应检讨其社会或政治的症结,如魏晋即一例子。盖求"浊谈"而不可得,惟(唯)有出于"清谈"一途了。其次,此特辑中有几篇文字之文法,实在"东洋化"得太厉害,使人越看越糊涂,而此种风气似以华北为甚,至此,复想起月前 T 君所说的趣话来——但这里"不说也罢!"

读陈恭禄中国史之"商代编"。此为第一册,民国廿九年一月商务出版。定价三元五角。有某图书室之印,已为贾人涂抹,余则得之于西摩路某书摊,时价已标二十元矣。书前有自序,注云二十八年一月"叙于成都"。中述作者于沪警作后,沿途流离奔波之经过,以及险遭铁丸之祸等,至为动人。全书十八开本六一五页,自非一二日之力所能卒读。惟(唯)以前曾对甲骨学著述略有浏览,前日又读中央研究院安阳发掘报告第二辑【旧藏有此书之合订本(凡四册),因被友人携而之东,至今存亡不明,只得重加搜庋,然今价既特昂,且尤无从"求全"也】,现再就中国史第四篇(商)读之俾互相发明,觉商纣(帝辛,亦作受口,或古人一音之转耳。帝乙子,微子启兄)暴戾虽有之,顾亦必一绝顶聪明之人,且善于亨乐,则亦一般亡国之君之共通现象,或

129

今日所谓世纪末中必然之变态心理。不过孟子说得很对，"纣之不善不如是之甚也"，但因恶事的流行速于置邮而传命（俗亦云：好事不出门，恶事传千里），结果就天下之恶皆归了，因之孟氏劝人"尽信书不如无书"，确是最通达平正之言；但孟氏"是以君子恶居下流"之说，也值得我们的警策惕励。"陈史"一九四页，云纣之劣迹，多由附会或创作而成。以二例证之："一，《新序》言纣造鹿台，其大三里，高千尺。《帝王世纪》言其高千丈。二，《吕氏春秋》言纣剖孕妇而观其化，《帝王世纪》称剖比干妻以观其胎。二说不同，后人将何所适从？其言要无根据，不足信也。"

观此，纣的恶行固多出诸附会煊（渲）染，然其本身，为一极富创造力、想象力而又有"唯美主义"倾向的人，当可无疑。不幸又适当亡国之末路，遂成为一个大花脸或小丑似的脚（角）色了。——实际恐是李后主一流人物，或不如李之文弱而较孔武有力耳（此则因其时尚是需要"力"的游牧时代）。

读此等史乘，每令人对上古生活起一种憧憬，而转瞬间又是四鼓矣。乃卧。

八日　晴朗而和煦俨然春意拂人　星期二　旧中元日

午，得 TT 电，嘱去其寓，云有要事待洽。至则以所藏

130

抄本《爝火录》一部(三十二卷),托我易主。原书为嘉业堂刘氏所有,今毁于火,此版乃他人所录之副本也。内容系据明清笔记掌故等别纂为一巨帙,载明末清初之朝野故事,引用书目多至数十种,惜多数已见坊刻者,索直(值)五千元,因彼即将离申,此行所耗已多,欲假此作(做)川资。我个人无此余力,乃携其首册出,拟一问××,恐亦未得要领耳。

得其赠《科布多政务总册》一本,民廿六年禹贡学会据旧抄本排印。又得沈尹默氏为阮无名书六一翁词,裱成一帙,足资摩挲。返家,泛阅《爝火录》首册,其钩纂之力虽勤,惟(唯)材料殊无如何珍秘特出者。

十八日　弥寒　星期五　夜风

得汉学书店郭经理送来之"族谱"两种,为曹、韦二姓。因月内或准备作一伦理学及优生学上之小文,借此以为参考。又得忠厚书店《宣统政纪》一部(十六册),关外辽海书社排印本,价五百元,俟读后再作(做)取舍。多日不见报,今日得见,又悉因纸张奇缺,于星期一、三、五三日改出半张。又各刊物中领有配给纸者,亦非归中央书报社配给不可,至缴款须待一月之后,凡此均使与文化略有关系者为之踌躇也。

读《杂志》二月号及《古今》四十一期。读潘祖荫《滂喜斋藏书记》，前有王季烈序，序成于戊辰季春，略述此书经过。此戊辰当已入民国(？)矣，察其版式亦觉系近今所刊，然"仪"字仍缺笔，使人不大舒服。因此又令我想起日前往书店，随意取架上书泛阅，集子名义多用主人之谥，或有后人在序中仅称文正、文勤、文襄、壮武等谥，结果要想知道究是姓谁名谁所著而不可得。我固然承认我的腹俭，似仅称谥而不举名氏，亦不是办法。而且谥法多大同小异，张三是文忠，李四亦是文忠，究竟张三乎李四乎；即使是对被称的文忠之流的一种敬意，但书籍既然是要大家看的，那就得以大家——通俗——所易于明了为要义。忆战前曾在某刊物上看到一篇文字，即攻击这种单举谥法的脾气的，并斥之为"封建意识"，我很赞同。此与但称官职一样表示士子干禄心之急切。惜这篇文字已无从翻检，不然倒想参考一下写一杂感也。

二十四日　晴和惟(唯)起大风　星期四　旧二月朔

薄莫(暮)，以廿五元于地摊上购中华旧书《新文艺丛书》二本，皆属译本，一《青春之恋》，一《战争小说集》。余因前书

(钱歌川译)中有爱仑坡之《黑猫》,战前曾由好莱坞摄成恐怖电影,似由罗迦西(?)及卡落夫主演,光线及表情皆极佳,使我印象至今不减,后施蛰存等主编《文艺画报》中亦曾印有《黑猫》之照片,故久欲一读原著,不意颇为失望,或以节译之故欤?又闻恐怖大王卡落夫曾一度来华,颇恨不得一见其风采。欧美电影中,我最爱看的为恐怖影片,然优秀者亦不多觏,而以《古屋奇案》及《蜡像陈列所》称此中白眉。虽然,此亦近乎变态心理也。

　　夜,偶检箧笥,得扫叶山房石印本之《满清官场百怪录》,笔墨既猥琐粗恶,事实尤多不经。然此书或排满者所为,多少可反映清代官场之种种丑态也。读《芸生文存初集》,皆战前为《大公报》所作之社论。语多精警,其对内政外交问题尤多诚挚透切之见,以视今日满纸八股,一味粉饰而又俨然高视阔步执"舆论"之牛耳者,更难能可贵矣。此无他,亦在论者谋国之忠耳。

三月八日　晴　气候又转寒令(冷)并风　星期三

　　致疚斋主人书。

　　夜将《文抄》编理一过,共得二十一篇,并作编例数则,拟于明日寄至药堂许,托其转尤君。时已子刻,复倚枕读

133

《燕京学报》廿七期(廿九年六月出)中凌景埏所作《所谓"景善日记"者》力辨其伪,而结论为系当时祖阿荣禄者之所为,条举缕析,于清代掌故尤为娴熟,甚佩其识力之不凡(按黄哲维之《花随人圣庵摭忆》某段中,有引《景善日记》而述珍妃殉国之惨及西后之残忍处,今读凌氏之文,则此根据即失其价值矣,甚矣取材之不可不慎也)。又读《药堂杂文》,一部分已见诸其他刊物中,稍暇或拟作一读后记。

十二日　晴　较前和朗　夜小雨　星期日

今日不赴古今社,乃往"忠厚""汉学",见柜上贴有"一律照价加倍"字样,此后又将减我等访书之机会矣。挑选良久,虽有佳者,然亦因价昂而踌躇未决,但幸得记账,且至端午再说。时已晚饭,为"忠厚"袁君要之上一教门馆(因有郭经理在)小酌,饮酒过多,几欲作呕。时有虎而冠者数人亦在"鲸吞"(有制服,闻供职火车站),偶以侍者帐(账)目细误,即据而寻衅,终至(致)拍桌摔杯,余与同座俱为之发指,然无缚鸡之力之我辈,亦徒唤奈何,且天地间类此不平现象又不知多少也。复至"汉学"捡得旧书十余种,分作(做)两大包,雇街车返。抵楼,将各书放案上而泛读之。内有抄本《辛酉日记》一册,著者为"默斋",凡一年,其人曾在军营做幕僚或司文事(在民国时),其二月二日云:"午前,谒见子嘉督军,并分踵各处同寅谢唁。在军需课初次会见张海樵先生,承与先考生前交谊甚笃,悲感无任,午后谒鉴宗师长拜辞。"其开首所称者殆为卢永祥欤?

大概此种日记皆因此次战乱而遭散佚,故其主人或尚在人间也。书前尚有其友朋之通讯处二,录此可供参考,或亦借此以联文字因缘也:

如皋西门广生德药店章序东

鼓浪屿港仔后第三十八号杨绍丞

二十三日 晴爽夜风 星期三(四)

得知堂"破门声明"之明片,此事萌蘖(蘗)已久,终有此次决裂,即局外人亦至为可惜也。读《清皇室四谱》数则,对清代皇室之统胤及后妃之身世,粗知眉目,并以朱笔点句读。

读《西洋杂志文观止》数篇,系"亢德书房"数年前所出者,以尚有存书,故托古今社代售,售价已超原来数十倍,然论目前成本,自尚不止此。夜,开始读左舜生选辑《中国近百年史料初编》,中华书局印行(十五年七月初版)。内分十三辑,始《雅(鸦)片战争与英法联军》,终《孙先生中国革命之经过》。乃先选阅第九辑《光绪帝与慈禧》及十辑《戊戌政变》。中收袁世凯之《戊戌日记》，甚有价值，盖不啻自曝其老奸巨滑（猾）之心术，而谭氏血气方刚躁急轻浮之性格亦于此可见，无怪有"本初健者莫轻言"之诚也。内有云："予见其气焰凶狠，类似疯狂，然伊为天子近臣，又未知有何来历，如显拒变脸，恐激生他变，所损必多，只好设词推宕。"尤见袁氏习于机变与处理非常之手腕。盖棺论定，自不能不承认项城之在近代政海中，为一特出人才——能代表一种气象，惜其自谋太切，终至（致）对清室对民国都不讨好，都成为一个叛徒。日前与黎庵谈及此事，彼云："当此之时，不但袁世凯不敢且不愿答应谭之所请，即在稍明利害的现实主义者亦必如此。盖时西后之势方优于德宗，四周皆有其耳目及爪牙，而维新之成败尚不可知，且主持者俱属'急于表现'的初出茅庐之辈，论大势，自不敌盘踞要津根深蒂固之后党，即使幸而维新成功，无论地位、权力及名声，自然落入于维新的干部如六君子之流，而对项城恐不仅不会较前优厚，说不定还有什么不利——甚至还难免兔死狗烹之祸，两相权衡，则在'深谋远虑'之袁氏，自必然将维新出卖了。"

此数语论世知人极为精辟，特忆及记之。声袁氏逝世后,其家属曾有《洹上家乘》之辑,余搜觅良久而未得,大概因其非卖品之故,惟(唯)《梁燕荪年谱》坊间尚易见到。虽明知此种谱乘多讳饰阿私之语,然在正负相乘中,多少或有点"史"的意义也。

二十八日　晴和见日景　星期三(二)

得苦茶信。近来谣诼甚多,且多陆离之词,而小百姓所唯一忧虑者,即每多一次谣言,物价亦必疯狂一次耳。

得《古今》四三,四四合刊之《两周年纪念号》一本,售三十元,又稿金五百元。

往梅景书屋访材料。

夜,读赵翼《廿二史札记》,卷八《清谈用麈尾》云:"六朝人清谈,必用麈尾。《晋书》王衍善玄言,每捉白玉柄麈尾,与手同色。孙盛与殷浩谈,奋麈尾尽落饭中。《宋书》王僧虔诫子,谓其好捉麈尾,自称谈士(下尚有他例数则今略)。此皆清谈用麈尾故事也。亦有不必谈而亦用之者,王凌(浚)以麈尾遗石勒,勒伪不敢执,悬于壁而拜之⋯⋯盖初以谈玄用之,相习成俗,遂为名流雅器,虽不谈,亦常执持耳。"

此犹今日之持折扇者。一般人的想象,以为麈尾必如乡间之蚊拂,如京戏中庞士元辈所拿的模样。后读《正仓院考古记》,乃大相径庭:其形略如刷子,而所谓麈尾者极短。余初亦疑如果为拂子,则麈尾何来如此长度? 今见此而疑始释。知堂翁序文亦云:"自读《世说新语》,莫不知有麈尾其物,平常总以为形似拂子,然则王谢家风乃与禅和子无殊耶,正如古德持现时如意,争能搔背,都非考查旧物,不能知其本来面目,读书作画亦便处处障碍也。"犹记昔时曾见一画家画古人麈谈之状,其服饰虽尚有根据,然所写之麈尾也者,恰形如拂子,当时以读者多未见过实物,无人能正其谬,今始知大不然,因信古人读万卷书行万里路之说为不诬也。又查《辞海》"麈"字条,引严章福《说文校议议》云:"今所谓麖,即说文之麈,称名互异,相沿已久。"复引《竹叶亭杂记》谓:"麈即今日之四不像,名驼鹿。"按《辞海》《辞源》等对一般不常见之事物,每附以插图,使读者一目了然, 今于麈尾之图则阙如, 殆以未有实物可据。此后或可于《正仓院考古记》中加以钩(勾)勒,而纠正常人之想象焉(又查驼鹿条云:即四不像,出宁古塔乌苏里江,形如驼,一名堪达汉,颈短,形类鹿,色苍黄,无斑,项下有肉囊,如繁缨,大者至千余斤,角扁而阔,莹洁如玉,中有黑理,见《吉林通志·食货志·物产下》)。然则关外人必可恒

138

见矣）。

　　按《正仓院考古记》乃傅芸子先生所著,昭和十六年东京文求堂发行,中有插图数十帧。该院则"为日本皇室所有之一特殊宝库",平时严扃,每岁仅十一月初旬曝晾展观数日,对傅先生则出特许。内并有唐明皇时之遗墨,及其他熏炉屏风弓剑之什,对之令人想起中国古代的文化生活来,今在日本反而有保存,亦可谓幸可谓不幸矣。

四月十一日　晴　路街树枝俱有生意　苦念乡园不已　星期二

　　晨起得果庵转来龙榆生先生赠《同声》月刊一包,共廿九册。廿九年十二月二十日创刊,惜中尚少一二三四五五册(现已出至第三卷第十期)。较《古今》更为高古,盖近战前《青鹤》一类风格,在今日尤觉曲高和寡矣(《同声》之语体文作品直无一二篇)。夜九时,读放翁《老学庵笔记》,为商务宋人笔记(排印)本,皆随时在书坊搜购成全璧者,卷八中有一则云:"北方民家吉凶,辄有相礼者,谓之白席,多鄙俚可笑。韩魏公自枢密归邺,赴一姻家礼席,偶取盘中一荔枝欲啖之,白席者遽昌言曰,资政吃荔枝,请众客同吃荔枝。魏公憎其喋喋,因置不复取,白席者又曰,资政恶发也,却请众客放下荔枝,魏公为一笑。恶发,犹云怒也。"

139

(恶发当系俗语。古人对俗语原不如今日半缸醋辈"深恶痛疾"。如司马迁笔下之"夥颐"云者,即状其繁多而含惊叹性之俗语,后人数典忘祖,反自以为古奥,殆亦如韩君之可为一笑耳)。

按此种"白席",与浙东婚丧家之堕民相似。我久欲作《浙东的堕民》一文,而材料却不多,且此种阶级只限浙东宁绍所属一带,前曾检四明、会稽等志,虽略有记载而皆大同小异。《辞源》所载则云系宋将焦光瓒降元时之部落,语亦寥寥。惟(唯)以随时留意所得,与此堕民类似之职业尚有几则,如上述之白席即其一。因此亦可考见奴隶制度之残留,昔曾见有《奴隶制度史》一书,惟(唯)内容侧重于西洋。闻清末夏穗卿氏有言:"宋以前女人尚是奴隶,宋以后则男子全为奴隶,而女人乃成物件矣。"然则中国奴隶制之久远与繁昌庶几亦与"国粹"同其不朽矣,至今乃无专史,岂非可惜。战前王书奴氏曾有《中国娼妓史》(生活版)之作,颇博识者之称引,而奴隶之与娼妓其实也相差不远,尤有立为通史之必要;且《中国娼妓史》中之某些材料,似乎也可通之于"奴隶史"。惜在此刻现在,无论从那(哪)方面说,恐怕还非作"奴隶史"之时代耳(因此只有零星的(地)记述一点下来,对于将来正式治史的人或略有

140

裨补)。

廿二日　晴暖　潮湿　夜起西风　明日可望干燥矣　星期六

晨赴古今,阒无一人,因黎庵今日在乔迁也。乃取出旧《东方杂志》泛读,此系我代朴园所购来者。

往访雨生,为出版《风土小记》事,已得双方同意。返家,卧读亚东板(版)之《官场现形记》。鲁迅翁《中国小说史略》三五五页称之为"清末(末)谴责小说",盖以其"辞气浮露,笔无藏锋,甚且过甚其辞(词),以合时人嗜好"。与《儒林外史》之讽刺小说不同之故。又云:"况所搜罗,又仅'话柄',联(连)缀此等,以成类书;官场伎俩,本小异大同,汇为长编,即千篇一律。"此种夸张与散漫的缺点,恐亦是清末的若干说部之通病。

此书我在十年前已读过,今日读之,转觉作者之形容刻划(画),有几处似亦不过火了。其次尚有一点题外的话:作者"虽命意在于匡世",但文艺在某种条件下,亦如药品之有反作用;此"反作用"为何,即教会了许多坏人是也。闻自《官场现形记》出后,因而学得种种汇缘凑趣,钻营投机者大不乏人。推而言之,别的小说好,论文,及报章记事等亦然。记得徐氏家庭(或周氏兄弟)发生"逆伦案"后,报纸刊物俱有特写和评论,甚且掀风作浪,惟(唯)恐世间没有花样!当时某大报社论,即请舆论界对笔锋稍稍收敛一点,以免将这种坏风气扩大,而对社会教育适巧起了相反的效果——(大意)。这几句话我很赞同而佩服。因为一件明明是"正"的"因",在本来病态的社会,就会收到"负"的"果"。又如周氏弟兄以电流谋毙乃父之后,复有某商店学徒之暗杀老板事,后来亏得接电的技术不正确没有闹成人命案,不料第二天有的日报记载中,就说他之所以暗杀不成功者,是因他对某方面的手续弄错,"弦外之音",仿佛是说:如果如此如此暗杀就成功了!过了几天,另外也由一位先生指出这种记载之不当。——自然,这决(绝)不是说,这位记者先生是有意的(地)助纣为虐,然而他没有料到,这样的信笔所之(至),会引起如何不可思议之流弊,何况又在这"神经过敏"的上海!何况报纸又是最接近民间的一种宣传和报导(道)的供(工)具。又像从前游艺场中文明戏及滑稽戏的"劝世名剧",如劝人家不要赌不要嫖,在开头必竭力形容赌博和冶游时之如何得意,如何快乐,如何舒服……然后方才说赌亏了或嫖坏了之如何凄惨痛苦,这样,对原来不喜赌或嫖者既无所谓,对本来喜欢的人则只记得它或提示他开始时之种种快活的情形,而对结果之不幸却忽视了。——不料他们的这些花样经，近几年来已由花柳医生"神而明之"的(地)传受(授)了，例如他们在警告患花柳病者的危险之前，也往往先来一套"占有三妻四妾者之如何幸运"一类的话，而其效果就是使宿娼者增多，花柳繁殖，而他们则名利双收。

自然，对于这般"游艺家"或花柳医生，他们为了利之所在，也就无理可喻，不必赘说。只是一般纯正的新闻记者或小说家，虽然在他们的主观上原想匡世正俗，然而客观上的效果——流弊，倒应该在落笔之先审慎一下，思索一下。因想起看了《官场现形记》而使有的人从此中学会了许多诀窍这一点(此说亦非我个人之创见)，不觉又拉长了篇幅。

二十九日　燠热无风　星期六

得四十六期《古今》一本。此期起仍用黑市白报纸，价亦提高至三十元。得《风雨谈》四月号一本。往荣宝斋购信笺稿笺等一百六十元。市龙井一两，四十元。返料理斋事后，重读曹聚仁《文思》，已为第四五遍矣。曹氏的杂文，泼刺(辣)而简约，学问亦古今中外无所不读，唯其中心思想则为虚无主义。我对曹氏著作，一出版即购来细读，如其他之《笔端》(天马)及《文笔散策》(商务),亦俱是散文随笔之作,而以后者为最精而纯,尤其几篇历史小品,自有其特出之见解。读了一遍,便时常会想起它,所以在感到无书可读的时候,辄从架上随手取来选读几篇,或者逢到写文章时,也有许多材料可供我参考,而成为几年来不离案头的一种。今夜读其《百寿图》(三四二页)一文,觉得贵为天子,尚且有不可言说之隐痛,而旧戏里面所表现的"百寿图",却将历史生生歪曲了。中有引赵璘《因话录》云:

> 郭暧(郭子仪之子,唐肃宗之婿)尝与升平公主琴瑟不调,暧骂公主:"倚乃父为天子耶?我父嫌天子不作(做)。"公主恚啼奔奏之。上曰:"汝不知,他父实嫌天子不作(做);使不嫌,社稷汝家有耶?"因泣下,但命公主还。尚父拘暧,自诣朝堂待罪。上召而慰之曰:"谚云:不痴不聋,不作(做)阿家阿翁,小儿女子闺帏之言,大臣安用听!"锡赉以遣之。尚父杖暧数十而已。

这大约是不错的:当时如无郭氏的廓清变乱,恢复东京,及后来的讨击吐蕃,肃宗父子(代宗)的政权,怕未必这样健全吧。从这里,又可使我们看到几点事实:一是唐肃宗的瑟缩可怜之态,二是所谓"小儿女"的天真直率之情,

144

郭暧毕竟是血气方刚之辈,这样有危险性的话,竟会脱口而出,倘掉(换)一个阴鸷兼有权术的皇帝,对以后的老郭小郭就大不利了。其次则升平公主也毕竟年纪还轻,一向养尊处优惯了,不晓得人世还有这样曲折起伏。三是自来军阀气焰之可畏,然而郭子仪却比较有涵养,还要拘起儿子"自诣朝堂待罪",给皇帝一个下场,这做得很聪明,对物论及以后的权位,都占了便宜不少。

从以上的一段记载中,又使我觉得正史之不足,与野史、小说、笔记一类之可重视。(虽则其间难免有许多无稽之说,然这还看读者自己之选择、判断、思辨的能力。)——尤其是关于皇帝方面的事情,在正史里就有好些忌讳与粉饰。从前读《西京杂记》,而看出了刘邦父亲——太公的"狗抓地毯"——蛮性的遗留;以及他为什么不愿跟刘邦住在一起,而却愿过他老家生活的原因。又如某笔记载宋太祖(赵匡胤)的母亲问他帝位是那(哪)里来的?赵氏自然以叨祖宗福气云云的混(浑)话来答复,不料赵老太太却十分爽直,大意说,这完全是从柴氏孤儿寡妇手里夺来的!凡是这些的记录,在正史中即无法得到这种"人性的发掘了"。

五月十四日　晴朗夜风　星期日

今日例假，故于午后至"汉学"及"忠厚""巡礼"一番。惟(唯)近来各书店进货甚少，每去辄空手而返，偶或有之价亦贵得可以。然既去矣，似亦不能不挑选一二，乃得申报馆聚珍板(版)之《琉球记事》一册，清人李鼎元著，因其乃日记体裁也。至岳母许探病，略觉清瘦，并晚饭焉。饭罢即反(返)，已有客(人)A君及W兄来，告我某报上有甲某攻乙某之文，窃意乙某平日做人极得体，故人缘亦甚佳，而有此"劫"，可见世上无如做人难。我在此并非作幸灾乐祸之语，而是觉得做人要怎样的处处讨俏，固然大难，即使做到如乙某者还是要"无风三尺土"。——自然，这并非说反正这样，做人就不妨横竖横。古人有言："岂能尽如人意，但求无愧我心。"此或者亦是今日做人办法之一乎。尝见善骂人者今日方以其如椽大笔，"横扫千军"，不意数日后居然有强中之手，揭其十大罪状，此可谓试看剃头者人亦剃其头矣。因与二君互作达观语。而此"达观"云者，尤非"笑骂由他笑骂"之谓也。

A君又告我：乡间有一冬烘，自命积学长者，无论对别人之文或行，日以吹毛求疵为快，别人遂不屑与其计较，于是益目无余子矣，不知其自己为人所作之祭文寿序却

146

"不通啊不通",可与上述相发明。至此,我亦告以所亲历之故事二。一、甲太史尝骂后生不通文义,善读别字。一日见欧阳率更之九成宫,"率"字竟作本音(杀)读,时另有一太史乙在,即面正其误(应读"力"音。此字一般读书人无不识得,而太史公如甲却会读别字,奇矣)。甲至此只强辩一下而散。翌日我以此事告先师S先生,先师谓读"杀"者固非,读"力"者还是错的,最正确的应读作"帅"(原与帅通)。我闻而默然,足见淹博之难也。二、战前有戚家C氏开吊,聘一半缸醋之辈主司文书,如挽联祭文等俱出其手。此类文字原是有一定之格套或现成者可供选抄,只略改换称呼辈分等而已。惟(唯)C氏乃一长袖善舞者,故来客亦多大腹(富)贾,半缸醋对此益自鸣(命)不凡矣,因而又大骂新文化,及现代青年之如何疏于"国学","试问现在有几人还懂得'王父'是什么意思的?"于是愈骂而兴趣亦愈好。但我从其所为祭文挽联中已掂出此公之斤量(两),知其胸中墨水不过一二cc,见其祭文上有"乌乎(呜呼)"等字样,即另书"于戏"二字问其如何读法,而彼竟作本音读,但彼亦发觉此中必有蹊跷,不然此种最浅近词眼决(绝)不会跟他询问,遂转问我应读什么音?我答道:此即"乌乎(呜呼)"之古体。只要读过《尚书》等书的人,就一目了然。

半缸醋至此乃改前倨为后恭，连忙问我："府上是哪里？"我答以与先生同是浙东六邑之内，仅一水之隔而已。而彼犹强辩曰："地域与字音关系绝大，我们乡下连城里和城外的人说话皆有分别，何况还和你隔了一个县治！"我觉得他能这样强辩也很好，因不如此，岂非使他在众客之前更窘更僵了吗？后我以此事告先师，先师反怪我少年孟浪，不给人以啖饭余地。因此辈半缸醋，一生难得逢到这般豪家之吉凶大事，可以借此补贴一下生计，而经我这么一来，西洋镜有一半拆穿矣。

A君等闻此，益觉得先师确不失粹然大儒，且和平中正，处处为别人着想，诚士林中不可多得人物也。

从上面所举的两例，其实"率更"与"于戏"都很习见很耳熟，我又向来不喜欢吹毛求疵的，因中国地域之广，历史之久，文字之古而艰奥，无心或粗心之误读误写，自所难免，不过对于处处捉人疙瘩，一点不放松别人错失的，则一旦以子之矛攻子之盾，也自然特别厉害了，而这和做人也是一样道理。

夜半，读张宗子《夜航船·序》，读到末段不禁连呼巧极巧极，跟适才所说的故事恰恰吻合："昔有一僧人，与一士子同宿夜航船，士子高谈阔论，僧畏慑卷足而寝。僧听其语有破绽，乃曰，请问相公，澹台灭明是一个人是两个人。士子曰，是两个人。僧曰，这等尧舜是一个人两个人。士子曰，自然是一个人！僧乃笑曰，这等说起来，且待小僧伸伸脚。"

宗子的文章写来极有风趣，并以其所著书"勿使僧人伸脚则亦已矣"。然古今半缸醋辈亦实在太多，因此让和尚伸脚的机会大概也永不会绝吧。

《甲申过眼录》至此已七八千言，而仅只数月，为篇幅计已不允许写全矣，好在此文原可自成段落，就不妨在这里伸伸手，搁搁笔也。（三十三年十二月八日夜写毕）

149

胡山源《我的写作生活》

　　胡山源(1897年—1988年)是近现代文坛的一位享高寿者,也是半个多世纪风雨文坛的亲历者、见证人。他几年前出版的回忆录性质的《文坛管窥——和我有过往来的文人》,颇可一读。一九二三年,胡山源创办弥洒社,出版文学杂志《弥洒》(Musai),曾得到鲁迅的评介——"上海却还有着为人生的文学的一群,不过也崛起了为文学的文学的一群。这里应该提起的,是弥洒社……从中最特出的是胡山源,他的一篇《睡》,是实践宣言,笼罩全群的佳作……"胡山源一生致力于三件事:教书、编辑书刊、写文章。编过的刊物除了《弥洒》,尚有《申报·自由谈》《红茶》等,书籍中比较知名的是《幽默笔记》《古今茶事》,近年都重新影印过。

　　胡山源的文章,明白如话,毫不做作,更可贵的一点

我的寫作生活

胡山源 主編 日新文藝叢書

胡山源 著

是——细致入微。细节见真情,这是我偏爱胡山源文风的原因。手边的这本《我的写作生活》正是胡山源坦荡的自白。看过多少文人的自述,似皆不如胡山源之琐细。线条太粗的回忆,看不到真实的作者。本书之琐细零碎,从篇名中可窥一斑:《我的写作生活》《我的字》《我的书》《我的钱》《我的交际》《我的娱乐》《我的肢体》《我的健康》《我的衣》《我的食》《我的住》《我的行》。

我最先看的是《我的钱》这一章,因为"钱"最生动、最感人,从一个人对钱的态度上可以品出他是一个什么样的人。《我的字》这一章亦很有趣,现在的文人多用电脑代笔,字写得丑一点儿也用不着脸红,而当年胡山源的字总被讥为"蛛丝",又细又连笔,"难为了排字工人"。作为文人,一手应规入矩的馆阁体钢笔字是起码的要求,事实却从不如此。

胡山源在《我的肢体》中最自豪的一项是牙齿——"我的牙齿,除了健全之外,据陆高谊兄说,也很美观"。

衣、食、住、行,事事关联写作状态。胡山源说:"我的写稿,大都在夜深时。我不能在热闹的时地写稿,我必须独处一室,不受什么缠扰,方才能够奋笔疾书。因此,我充分享受到了静趣,尤其是夜间的静趣。"在对环境的要求上,胡山源与大多数文人一样,他甚至曾经拥有过一间"坐在床上,就可以看钱塘江里的日出"的佳屋。

二〇〇六年十月

闲话护封

前几天一位朋友来信说起护封，这正是我一直以来感兴趣的话题，护封属于书籍装帧的范畴，也是藏书者所讲究的，不妨由此闲说几句。前几天在北京鲁迅博物馆参加《鲁迅著作初版精选集》发布会，在发言时我说到鲁迅的初版本没有一本是做成精装的，而周作人的《瓜豆集》有精装本。现在我想补充一句，鲁迅的初版本没有一本是带护封的。如果算上译作，《一天的工作》和《竖琴》是既精装又护封的。

本来想抄一段一九五八年《图书馆学辞典》中"护封"的词条，可是一直在手边的这书却不翼而飞，只好搜寻网络解读的"护封"："书籍封面外的包封纸。印有书名、作者、出版社名和装饰图画，作用有两个：一是保护书籍不易被损坏；二是可以装饰书籍，以提高其档次。"

有的图书有勒口,有的没有。同样的一本书也会出现"有和无",譬如一九五六年十二月上海古典文学社的《历代笑话集》(王利器辑录),我非常喜欢此书,为了追求书品无瑕,竟然买了八九本,第一版有勒口,第二年的二刷就没做勒口。姚巍在《如何在装帧环节控制成本》中说:"设计图书的封面的时候,勒口大小是个影响封面开本的重要因素。勒口的大小一般以八十至一百毫米为好,勒口设计得太大了,不仅会造成浪费,还会增加折页的难度;勒口太小了,成书后封面容易上翘,影响图书的品相。"

也就是说没有勒口的坏处是封面会直接受到威胁,我们见到许多书的书边被撕成一道道的口子,这多半是因为省去勒口所致。

勒口实际上起到了护封的一部分作用,换言之,不做勒口的书就应该外加一个护封,做了护封的书就没有必要再做勒口了。所谓勒口都是指平装书,精装书本身也做不了勒口。精装书理论上讲都是该有护封的,护封是上档次图书的标志。止庵把没有护封的小精装《比竹小品》送给外国朋友,这位朋友说没有护封就不叫书。

好几年前买到《有产者》(高尔斯华绥著,罗稷南译),是骆驼书店一九四八年十月初版本,印数一千五百册。骆驼书店出版了许多外国名著，其中傅雷译的《约翰·克利斯朵夫》、郭沫若译的《战争与和平》最受藏书者热追。《文汇读书周报》的顾军早年间来北京，我曾陪她逛潘家园书摊，记得她买了傅雷译的《贝多芬传》，也是骆驼书店出版的。这套丛书我所见的都是平装本，某天于旧书网看到一本《有产者》，与我这本是同一书店同一版次，可封面是黑色的，黑暗中只有白色"有产者"三字。而我的这本是浅绿色的，书名作者译者都在，右下角还有作者像，另有英文书名。这是怎么一回事？我来来回回地翻手里的《有产者》，没翻出差别在哪里，往桌上一扔，右手握着鼠标，左手翻着书，突然书脊凸了起来，这才发现我这本是带护封的，脱了护封的封面和网上的那本一样的黑。为什么以前一直没发现呢？我想有两个原因：一、护封用纸和封面用纸是同一种比较薄的纸，年深岁久，两者几乎合二为一了；二、原书主将护封折进来的部分与封二封三粘了起来。本来粘起来的目的是为了阅读的方便，我们都知道阅读带护封的书时，护封很是碍手碍脚，很多人都是先把护封脱下再看书。原书主这么一粘，使我晚了很久才发现护封的存在。

《有产者》既然带护封，那么可以说骆驼书店的这套丛

156

书都是"应该"带护封的，丛书的统一性不会忽略这个细节。顾军如看到本文，就看看你的《贝多芬传》有无护封吧。

赵家璧主编的《良友文学丛书》三十几种（软精装），都是带护封的（前九种是护腰），有无护封在旧书交易价钱上要相差许多。这套丛书由于发行数量大，所以留存到今天的护封也较多，而丛书另出的四种"特大本"带护封的便凤毛麟角了，友人中无一人存藏带护封的"特大本"。

《良友文学丛书》之外，良友图书公司还有两个系列，一个是"中篇创作"系列，窄长本；另一个没有冠名，纸面精装，阿英的《小说闲谈》、穆时英等著的《黑牡丹》、大华烈士的《东南西北风》等十几种属于这个系列。这两个系列都是带护封的，当初系列在《良友画报》上做广告，即为带护封的书影。新版赵家璧的《编辑忆旧》也展示了这两个系列的护封本，为此我还特地向责编打听这些护封本是谁提供的。

许多资深的藏书者，以前并不知道良友公司的贡献是把书做得更漂亮，护封即是手段之一。

"十七年文学"中最有成就的是长篇小说，流行的说法是"三红一创，青山保林"，即《红岩》《红日》《红旗谱》《创业史》《青春之歌》《山乡巨变》《保卫延安》《林海雪原》。我仅

黑牡丹

穆時英等作

黑牡丹

穆時英等作

上海良友圖書印刷公司印行

趙家璧主編

現代文學叢書

第十輯　二十冊

精裝　一冊九角

见过《红岩》精装本和《红旗谱》精装本带护封,很可惜的是我把《红岩》的护封给修理坏了,这是惨痛的教训,没有修书手艺,还是不要轻易动手。冯德英的《苦菜花》《迎春花》精装本也有带护封的,以前并无人在意,现在则非五千元莫谈。我曾花高价买到曲波的《桥隆飙》精装本,一看书名那么不起眼,了无装饰,心想这书原来一定是带护封的,后来真有书友于网络展示了护封本。

刘流的《烈火金刚》精装本,我的存本是带护封的,当年只用了十二元钱。

上世纪五十年代神州国光社的"中国近代史资料丛刊"出版了《戊戌变法》《义和团》等十几种,均为多卷本大厚书,插架蔚为壮观。初版都"应该"是带护封的,我搜寻多年,只得《太平天国》(八本一套)全护封本、《义和团》(四本一套)全护封本,余则残缺不全。

护封也起过负面作用。上海书店曾影印过一大批一九四九年前出版之现代文学作品,封面用的是原封面,外面套个护封,护封上写有"影印出版说明"。可是护封一旦脱落,某些书贩就打起歪主意,用影印本来冒充原版书,有不少人上当。以张爱玲的《传奇》(增订本)为例,其实戳破骗局很容易,影印本的张爱玲版权印是黑色的。

我于护封太多情,最近竟然将自己的《书呆温梦录》新做了个护封,美其名曰:"天凉了,给自己的书加件外套。"

二〇一二年十月二十八日

书既可读，亦应可爱

——略说《鲁迅著作初版精选集》

去年是鲁迅诞辰一百三十周年，逝世七十五周年的年份，逢"十"大庆，逢"五"小庆，如果这套蔚为大观之《鲁迅著作初版精选集》（以下简称"精选集"）提前到去年而不是今年出版的话，关注度会提升很多。不得不承认的一个现实是，鲁迅不再是畅销书的代名词了。近年所出《鲁迅大全集》由鲁迅之子周海婴领衔主编，也仅仅是热闹了一阵而已，反而因为"贪大求全"出了许多笑话，遭到专家的一致诉病。听说学生课本在往外裁鲁迅的文章，这都是以前无法想象的。但是鲁迅依然是常销书的代名词，这也是现实，因为鲁迅依然是无可替代的。在这样的大背景下，《鲁迅著作初版精选集》的出版，真有点"逆势而为"的意味，甘冒商业利益不被看好的风险。

十月十九日是鲁迅的忌日，鲁迅博物馆在这一天举办了《鲁迅著作初版精选集》的首发式,别具意义。首发式也是研讨会,专家们的意见大致可分为两类:一类依然说着"鲁迅如何伟大"的空话和套话;一类虽没有空话,但是劈头盖脸地大挑毛病稍嫌不近人情。我不是什么专家,我要强调的是"精选集"的市场定位。难道我们是从"精选集"才开始阅读鲁迅吗?难道我们是从"精选集"才知道鲁迅精神吗?显然都不是。那么"精选集"于我们又有什么具体的意义呢?

"精选集"是精工细做的产物,具体表现在以下诸方面:一、所选二十二种鲁迅著作均以初版本为蓝本;二、所选二十二种均制作为毛边书(并配以裁纸刀);三、每书均有书匣呵护,整套书另有书盒特加保护。我以前说过"书既可读,亦应可爱","精选集"差不多做到九成了。当然要让这么一大套书完美无瑕,事实上是做不到的。

阅读鲁迅的广大读者是不在乎"初版不初版"的,在这点上我赞成止庵先生的观点——"这套书的购买群体多为藏书爱好者"。当天首发式上我见到了一些购书者,这些人有不少是熟人,他们自藏的鲁迅版本已很丰富(譬如有一位竟然收藏有一九五九年羊皮面的《鲁迅全集》,还有一位收藏有全套《鲁迅三十年集》亦很了不得),他们之所以还要花费两千元买"精选集",看中的就是"精选集"底本的选择(初版本)。周熙良说:"初版本是作者的灵魂,而其他重版本只能看作影子。"(《谈初版书》)

欧美的藏书界,凡著名作家,都会有人辑录出一本关于这个作家的书目,详细注明每一本书的出版年月、出版者、版式大小、装订式样,正文多少页、空白多少页、广告多少页、印数多少以及其他特征,珍贵的初版本还将扉页影印出来,作为书目的插图。藏书者据此书目,便可按图索骥地搜求作家著作。而咱们这里,享有这般待遇的似只有鲁迅一人。就算是集三千宠爱于一身,鲁迅作品的初版本也不是手到擒来般的容易,"精选集"的策划者为此付出的心力,冷暖自知之外,读者亦应领情。我还是同意止庵的观点,我们现在欲一窥鲁迅初版本的原貌,最便捷的途径即是阅读"精选集"。

"毛边书"于今有数量非常可观的拥趸。网络书店"布衣书局"在销售毛边书方面独树一帜,一百本毛边本新书曾创下四分三十秒内定购一空的纪录(姜德明《书边梦忆》)。二百本毛边书,如果作者是名作家或题材吸引人,也会在半小时之内抢光。我曾说,如果全国有五十家"布衣书局",图书的销路何愁之有?

上世纪三十年代在鲁迅的倡导下，毛边书曾经小范围地热了一下。八十年代，藏书家唐弢、姜德明、黄裳等复燃了毛边书热。但是毛边书成为图书的重要营销手段，还是近年的事。不好意思的是，笔者在其中起了一定的推波助澜作用。二〇〇五年我的新书《封面秀》做了一百册毛边本，其中拿了五十本在布衣书局签售，很快卖掉，这也是布衣书局"秒杀"毛边书之始。前年，另一家网络书店"孔夫子旧书网"找到我，欲销售我的新书《书呆温梦录》，我拉上了止庵的《比竹小品》。这两本书虽然没做毛边本，但是"签名本"也是图书营销的"关键词"啊，我俩各签了四百五十本，签到头昏手软，还能多签，也只好作罢。孔夫子旧书网从此也开始专营毛边本新书，效果极佳。

我想说的是，读者的消费观念在变，图书销售的手段也应跟着变，只要抓住某一特定消费群体的消费心理，投其所好，成果立见，毛边书畅销，即是一成功战例。"精选集"敏锐地抓住了这一点，又具体地结合到"毛边党"党魁鲁迅的著作上面，"初版加毛边"，这就有了八成的成功把握。此外"编号本"也是图书营销手段之一，但是编号本应控制在一百本以内（西方有以二十六个字母编号二十六本的例子），两千套的"精选集"一一编号，稍嫌烦琐。我倒有个马后炮的建议,如果采用编号,不妨单做一百部"特精装本"(或称"甲种本")来编号,定价要高出普通本。一九三八年的《鲁迅全集》即分成好几个级别的版本。最近北京的一家拍卖公司推出"民国二十七年(1938)复社出版刷金纪念本编号第七十八号《鲁迅全集》"拍卖,参考价为十五万至二十万元。此套《鲁迅全集》的"001"号为许广平收藏,"058"号为毛泽东收藏。遗憾之处是,"078"号的原书箱缺失。

二〇一二年十一月七日

线装书崇拜症

线装,是中国书籍装订形式发展史的一个阶段,是最接近现代意义的平装书的一个装订形式。在线装之前书籍的装订形式还有包背装、蝴蝶装、经折装等等。在现实生活与藏书中,前面的几种装订形态早已退出了实用阶段,唯有线装书还残留在旧书店,作为古老文明的象征,饱受蒙尘之苦,也饱受后人的崇敬。线装书同时又演变成为一种身价与学问的符号,收藏线装书的人比收藏平装书的人档次要高一级,哪怕你收集的是线装书里的垃圾货。这是人们普遍的看法,泰山难移。也许真的有一天电子书取代了平装书形态,平装书籍也相应地攀升到与线装书同样受人景仰的地位,那还真未可知呢。

线装古书是一个概念,线装旧书又是一个概念。线装旧书虽然还保留着线装的装订做法,让人们一眼就看到

166

了"线",但里面的印刷技法却"偷换概念"了——使用的是铅字排印而非传统的木板雕刻。患有线装书崇拜症的藏书人,一见到线装书,心中不觉一喜。待打开书一看,顿时丧气——"嗐,不是板的,是铅字的,没劲,不要。"有些个内容很妙趣横生的书,虽然用的是线装法,甚至外面加了函套,古色生香,只是因为里页是铅排的,便遭冷落。如赵汝玲的《古玩指南》、夏仁虎的《枝巢四述》、白文贵的《蕉窗话扇》,我都是花了很少的价钱得自旧书店和拍卖会的。倒觉得别人尽管使劲儿地去计较什么板不板的,线装铅排,我自爱之,我自买之。

黄遵宪的《人境庐诗草》,一函四册,蓝色布函套,日本铅字排印,完全日式线装本风格,由黄遵宪生前编定,其后由梁启超复校署题,宣统三年(一九一一年)刊行于日本。杨义著《中国新文学图志》开篇即《"诗界革命"与梁启超、黄遵宪》,有意将新文学启蒙阶段的先行者之荣誉安给二位。如此说来,《人境庐诗草》是何等要紧之书,却"零落成泥碾作尘",长期搁置书架,本人仅以五十元代价购藏,钻的就是线装而铅排的空儿。

线装本的最大优处,不单单是"字大如钱",不损目力,而且阅读时摊得开,张合自如,不像平装书精装书那样较劲儿，有时镇尺都镇不住。线装书可崇拜，不可迷信，线装平装，好中择优，兼收并蓄，不薄今不厚古，最是收书上策。

二〇〇一年九月

辑 三

董桥别了笔缘墨情

去秋,惊悉董桥先生的藏品在嘉德有个拍卖专场,专场的名字很煽情——"旧时明月—— 一个文人的翰墨因缘",这使人无端想起"秦时明月汉时关"。听说专场拍得四千多万人民币(到董桥手里小五千万港币),"战罢沙场月色寒",我早就看破,董桥前台的身份是散文家,后台的底子是收藏家。内地的散文家写不过老董,差距就在不事集藏,"人无癖不可与交,以其无深情也",不是说着玩的。

董桥,福建晋江人,一九四二年生,原名董存爵。董存爵和我们心目中舍身炸碉堡的英雄董存瑞差一个字,事迹却差了十万八千里。董桥的家庭,外界一无所知。这也是我们不理解他这次为何"及身散之"。年龄上,明年他才七十啊,写着写着、收着收着,就突然把藏品卖掉了,这是为什么许呢?近几年的拍卖,有过个人藏品专场,但多是

171

过世者的遗物。偶尔有活人的专场，也仅是几十万的码洋，亿元时代，实不足挂齿。每天都有人在出卖自己的收藏，原因各异，或是等钱救急，或是买了赝货堵心，或是玩腻了，或是增值增得心慌。但是像董桥这样的知名人士，每件藏品都落了心路印记一清二楚的，举世滔滔，似乎仅此一家。

董桥藏品专场拍卖中，只有六十五件书画，但都出自大名头：齐白石、程十发、启功、吴昌硕、颜文樑、谢之光、徐悲鸿、孙多慈、溥心畬、张大千、陈半丁、丁辅之、林风眠、刘奎龄、任伯年、陶冷月、谢稚柳、傅抱石、李可染、谢月眉、陈少梅、弘一、台静农、沈从文、周作人、胡适、马晋等。这里没有大制作(二平尺以上的仅一件)，小品居多，浅山浅水，轻风淡月，很符合文人气质。每每看到大画挂在墙上，很少有平整的，两边往里卷曲，很替好画难受，倒是小品有画框管着，四四方方，所费还无须多。

董桥的藏品有很多是他托了人从内地的拍卖行拍来的。他人脉极广，愿意给他鞍前马后跑腿的人想来也有一些。我想董桥收进书里做了图片的东西应该是他已买到手的，像他这个级别的名流犯不着挪用别人的藏品，专场图录证实了我的猜想。董桥还替黄裳买回了黄裳"家人病重,斥卖书物应急"的张充和的字。对于这件寻常家事,居然有老脑筋指责:"黄裳先生,这样的藏品你也敢卖了?"专场拍卖另有一件"黄裳留玩,(张)充和转赠"的胡适"写给充和、汉思"的字《清江引》(注:傅汉思是张充和的丈夫),董桥把传承说了个清楚:"一九八七年张充和到上海见到黄裳,黄先生说他过去也藏胡适手迹,'文革'中销毁了。张充和回美国把这幅《清江引》送给黄先生,并在胡适印章之下题小字'黄裳留玩,充和转赠。一九八七年四月',钤'丁卯'小印。一九九八年黄先生家人病重,斥卖书物应急,《清江引》归潘亦孚收藏,刊入他的《百年文人墨迹》。又过了几年,潘先生拿胡适这幅字去跟许礼平换一幅画,我请许先生割爱匀给我,《清江引》从此珍存我家,我的文集《小风景》二〇〇三年初版二七二页登了原迹复印件。"(注:许先生的割爱价不到三万港币。)

我有潘亦孚的《百年文人墨迹》这本书(听说潘是靠发明验钞机的专利起家的),当然《小风景》也一定是有的,现在图录上又有了《清江引》,《清江引》的故事至此结束。董桥还是董桥,黄裳还是黄裳,张充和还是张充和,潘先生、许先生关系不大,老脑筋还是老脑筋更关系不大。转赠较之转卖,只一字之差,虽然俗,还是说一句吧,《清江引》拍卖的落槌价是一百二十三万元，"123"吉利！加起来正好是《清江引》曾经的六位物主。

书画历来是赝品之"重灾区"，越是名头大越容易被赝。挨着胡适《清江引》的是周作人的《儿童杂事诗》立轴，即被质疑。董桥曾作文《周作人妙品》，记述了立轴的前世今生。周作人在囚禁中能如此静心静意地写字(这幅立轴是为金性尧写的)，仿佛在苦雨斋一般。周作人说："在忠舍(按，南京老虎桥监狱中的一间)大约有一年的样子，起居虽然挤得很，却还能做一点工作，我把一个饼干洋铁罐做台，上面放一片板做小棹子，此外又开始作些旧诗，就是我向来称它作打油诗的。"止庵《周作人传》第八章有云："七月下旬，周作人被移至'东独间'。此前一度在'义舍'关押。东独间'是一人一小间'，'稍得闲静，又得商人黄焕之出狱时送我的折叠炕桌，似乎条件够用功了，可是成绩不够好，通计在那里住了一年半，只看了一部段注《说文解字》(下略)，其次则是写诗，《丁亥暑中杂诗》三十首，《儿童杂事诗》七十二首，和集外的应酬诗和题画诗共约一百首'。"

这幅立轴的款识为："民国三十六年大暑节后，中夜闻蛙声不寐，戏录《儿童杂事诗》十六首，书为性尧先生雅教。"狱中能写字是实,可是立轴还盖着周作人的印章(五枚),难道印章也带进狱里了吗?我以为具体环节是这样的,字是先写好的,托人带出牢狱(或周出狱后面交)交给金性尧(金再装裱),印章则是周出狱后补盖的(什么时候补盖的待考。周出狱后与金在上海见过几面,金设家宴请过周一回,徐讦的《在金性尧席上》一文中曾记此事。一九五〇年,金来北京到八道湾去过两回。我以为是这次补盖的)。至于立轴伪不伪,什么地方露了马脚,我是一点儿也看不出来。真要是假的话,这造假的功力也实在高超,金性尧早几年过世,不然他也许能说明白。

二〇一一年九月

不是保守，是坚守

早些时候就知道姜德明先生出了本新书《拾叶小札》，没想到春节刚过，就收到姜先生亲自跑邮局寄来的这本书，马上翻看起来。翻了一遍之后给姜先生去电话告诉书收到了。

书是精装的，不是现在流行的小精装，也不是我很烦的那种大十六开本，而是老三十二开本。内页版式（页二十五行，行二十五字）很是眉清目秀，看着舒服。姜先生说编辑提供了三个版式，他选择了现在的这个。书前书后各有两页图片，计二十幅书影，用克数高的铜版纸印。姜先生说，图片小了点儿。我问图片是谁拍照的，姜先生说请家人帮着扫描的。

我一直以来有个想法，面对姜先生如此丰富的新文学绝版书收藏，编辑们太应该在"图文并茂"的"图"上面多下功夫。时下书籍里的插图多为扫描件,平平板板,缺乏实物感。图片应该由照相机来完成,宛如原物,真实得令人想伸手去摸一下。现在的出版社总是担心书价高会吓跑读者,其实同样的书你多花十几元的成本就能使书的装帧上一个档次,读者喜欢精美的书,并不在乎多花那么一点儿的钱。近日由布衣书局销售的精装本《书淫艳异录》(叶灵凤著)在几分钟内被抢光五百套,即是一个典型的例子。

姜先生在上世纪八十年代多次与巴金"闲谈",聊得最多的是书籍的出版和装帧。巴金送给姜先生香港出版的《随想录》,这是一本很厚实的精装书,姜先生说:"这真是一本好书。"巴金幽默地回答:"书不好,印书的纸头好。"这当然是巴金的谦虚,同时也说明了巴老是认可港版书的装帧的。

《拾叶小札》虽然有若干篇散文,但主体还是一本书话集。姜先生在序里说:"退休后,我不忘旧好,停停写写,仍以书话为主,如蒙读者宽谅,还看得下去,我便知足和感谢了。"这段话里有姜先生的自谦,也有现在的实情。在八九十年代"书话"最火热的时候,姜先生的读者很多很多。可是进入新世纪以后,尤其是电脑网络的肆虐,改变了许多人读书的观念、处世的哲学。我就在网络上看到一位仁兄将自藏的全部姜德明作品"低价出售",看他那决裂般的语气,好像很后悔当年自己热衷于书话。许多网民对于书话这种新兴的文体持猛烈质疑的态度,甚至攻击。姜先生三十年如一日地写书话也成为争议的话题。我的一位朋友说这么写作就是保守,我说:"这不是保守,是坚守。"

许多人对书话有误解,在于他们没有真正地了解书话到底是怎样的一种文体之前,已经被打着"书话"旗号的散文随笔给蒙骗了。我以前说过:"书话是一门特立独行的文章形式,不可能像散文那样人人都能写。书话写作的首要条件是作者必须自存自藏一大堆旧书刊做资料后盾(不非得是汗牛充栋的藏书家,至少也是藏书爱好者)。"现在书话的名声不佳,不是书话本身出了毛病,而是被某些连基本语句都写不通顺的写家给写坏的。

姜先生的书话,每一篇都有一个故事,这个故事也许解决的是版本上的疑问,也许讲述了一位老作家的逸事。你读过所有姜先生的书话之后,找不出一篇是"就书论书"或空发议论的。这样的写作态度,这样的坚守,当今恐怕找不出第二个人。我经常问姜先生这书或那书您怎么不写啊,姜先生总是说"没啥可写的"。我理解这句话的意思就是"不是每一本书都是值得写成书话的"。现在多数书话文章正如谢国桢所批评的"陈陈相因,抄撮成书"。写好书话还有一个要紧的前提是你得学会读书的方法。姜先生特别提到了谢国桢的读书方略——"读书得间",即"从空隙中看出它的事实来,从反面可以看出正面的问题"。

《拾叶小札》的最后是一组"书外杂写——写在自著书边的短札",是很特别的十二篇短文,可算作"自己写自己"式的书话,非常有趣。天津是姜先生的出生之地,除了对天津的天祥商场旧书摊怀恋不已外,姜先生亦对天津的风味小吃抱有深情。这回提到的是住大饭店却不吃饭店里的早餐,一个人大清早去劝业场找煎饼果子,边走边吃,越怕碰到熟人还真是碰到了熟人,熟人诧异地问:"怎么,宾馆的早点不好吃吗?"读到这儿,我想起姜先生在《胡同梦》里提到的趣闻。上世纪五十年代,姜先生初到北京,一群新闻学校的年轻人住在西单西边的一条胡同,生活很清苦。某个夜晚,他没有抵御住深巷的叫卖声,"芝麻烧饼啊,羊杂碎","偷偷溜出去买了一份,边走边吃,串了大半条胡同,才咽完了最后一口。若是让人碰上,少不得在生活会上做检讨"。我格外喜欢这种无伤大雅的闲笔。

孙犁当年买书参考的是鲁迅的书账,我一直有个习惯,从姜先生的书话里寻找旧版书的线索,这种买书的方法,较之漫无目标地瞎买算是抄了近道。《拾叶小札》里提到的旧版书,我随即上网(网络也有网络的好处)买到好几种,当然书中姜先生透露的签名本,我就甭幻想了。

二〇一三年二月二十一日

对"无偿捐献"说不

过去我们知道很多捐献的美好事迹，那些慷慨的人物和故事，感动了一代又一代。像大家熟知的收藏家张伯驹，将稀世之宝《平复帖》和《游春图》捐献给国家的壮举，家喻户晓。当初张伯驹购《平复帖》花费四万银圆，购《游春图》则花费了二百四十两黄金。当时的捐献可能会有一笔奖金，但是这么一点儿奖金就是象征性的，捐赠者看重的也许还是那一纸奖状吧，悬之于壁，子孙景仰。

上世纪八九十年代，私家收藏捐献给公家乃是一件光荣无尚的行为，像"无偿献血"一样，属于"公德"的范畴。我献过两次血，算不算"无偿"，于我是说不清的，反正单位给了点儿钱买营养品，还发了献血证，听说有了这个证，你的家人需要用血的时候即可以优先云云。第二次献血，说实话我当时很穷，动机并不高尚，有一半的原因是冲那五百元奖金去的。话头还是回到个人藏品捐献上来,藏书家唐弢把藏书捐献给现代文学馆,是当时很轰动的大事,可是我听说不是纯粹的"无偿"。巴金的藏书分几批捐给了现代文学馆,从我的感觉来看,应该是纯粹的"无偿"。其实无论无偿还是有偿,毕竟较之"出售给""卖给"某某公家,从字面上讲要体面得多。从受赠方来讲,也不好永远心安理得地享用"白来的"吧。

也许是"无偿捐献"的精神感召太深入人心了,一旦进入商品意识大发达的当下,某些"犹抱琵琶半遮面"的怪事就出现了。报载:日前在北京鲁迅博物馆举行的"周海婴藏鲁迅文物移交入藏仪式"上,鲁迅题赠许广平的《呐喊》等图书入藏鲁迅博物馆。此次入藏的鲁迅文物包括《呐喊》《彷徨》《坟》《热风》《野草》《苦闷的象征》《中国小说史略》等鲁迅的代表作共计十八种二十册,这些书大多数为毛边本,均有鲁迅题赠的墨迹。《三闲集》的题赠文字为"广平哂存,迅,一九三二、九、一九,上海";《苏俄之文艺论战》(作者任国桢)上的墨笔题字为"送给害马,迅。九、一八";《热风》上的墨笔题字是"送给广平兄,著者一九二五年、一一、一四";《彷徨》上的墨笔题字为"寄赠广平兄于广州,迅自厦门。一九二六年九月十七日"。据悉,这些珍贵图书总估价达一千二百万元。我对这条报道的措辞有几个疑问，表述如下：

一、"周海婴藏鲁迅文物移交入藏仪式"，这里的"移交"是个什么概念，是"把事物转移给有关方面"，抑或是"原来负责经管的人离职前把所管的事物交给接收的人"？不属于"无偿捐献"吧？

二、"这些珍贵图书总估价达一千二百万元"。以前类似的捐献从未出现过"估价"这个词，这个词只有涉及具体的买卖时才会使用。

"捐献"时代渐行渐远，与"无偿捐献"分手吧。

二〇一二年四月七日

鬼子进庄，悄悄的

最近一条标题为《收藏名家马未都海外购入大批藏书票》的消息于收藏圈内引起了不大不小的议论。消息称："近日，记者就市场传闻向大收藏家马未都确认获悉，一年多来，他在国外搜集了一批数量可观的藏书票，准备在国内各地建立专馆。市场人士认为，这一消息将有望促使藏书票这一颗珍珠焕发新的光彩。"

"马未都在西班牙花一亿元人民币购买了一批藏书票，估计有五十多万枚，其中不乏丢勒、毕加索的作品，打算建立藏书票艺术馆。每一枚平均价格才二百多元，但是丢勒、毕加索的一枚分分钟价格就可能超过十万元人民币。"

记者电话联系马未都向其确认该传闻，他回应称确有此事："这件事情我已准备了一年多。这批藏书票确实是在国外买的,但不是西班牙;我投入的资金也没有一亿元人民币那么多,但是花的钱也不少。"因为还未准备就绪,所以马未都未透露具体细节,但对于藏书票他表现出了极大的热情,"现在我买到的是全世界已知最好的一批藏书票,数量之巨大超出想象,希望未来在全国各地建立专馆"。

说的,传的,煞有介事似的。

由于马未都先生是收藏界的权威,人重言重,马上有人以为藏书票是大有可为的投资领域,可以跟风赌一把了。真的有朋友问我,现在是否可以吃进藏书票?我没跟他讲很专业的藏书票知识,只是跟他开了玩笑:"鬼子进庄从来都是悄悄的。""你可曾见到有哪位资本运作大亨,会事先将投资蓝图透露出去与民分享?"再者,马未都只是说他对藏书票有兴趣,并未鼓动他人投资金进来。有些人错会马氏之意,缺乏专业素养的传媒推波助澜,事情会被歪曲再放大,结局堪忧啊。

藏书票是舶来品,从西方传入,是少数文人雅士书房里的小玩意儿,发展到今天,甚至出现了专门为收藏而收藏的藏书票,利用爱好者的搜求欲望而大捞其钱,藏书票已面临变味的危险。起源于西方的藏书票,似乎在我们这里患上了"水土不服"症。我想假如我们引以为自豪的印章艺术到了西方，会不会也落得个非驴非马的"中为西用"。一旦刘翔姚明、"神五""神六"之题材上了藏书票，那么，藏书票向火花向洋画儿向邮票靠拢的那一天也就为期不远了。

纯质的中国藏书票产生于二十世纪三十年代，余皆无足观。时限就是如此绝对，宽了不成，宽了就如同陕北窑洞，坐在暖炕上晒着冬日的暖阳的大婆娘小媳妇，手里剪着窗花顺手就剪出了"要多少有多少"的藏书票，只劳专家码上"Exlibris"就能换钱了，这不是乱说，中国邮票有过先例。

今日之商品社会，藏书票也未能幸免，什么电脑制版（我顶反对的就是电脑设计出来的藏书票），什么当众毁版，什么限量发行，等等一系列商业运作方式，几乎都照搬到藏书票的头上。又有几个人会把这种批量生产出来的藏书票小心翼翼地贴在一本心爱的藏书上呢？我深表怀疑。

二〇一三年四月十六日

不藏壶者也说壶

前几期《中国收藏》有一组专题,说的是中国饮茶文化,我很有兴趣。我没有每天喝茶的习惯,连茶叶的存放常识也不具备。朋友来寒舍做客,以茶待客的道理我是知道的,可朋友说你这茶叶啥味啊?原来我把茶叶和花椒大料放一块儿了。以后这事就传为笑谈了。还有一位更讲究喝茶的朋友,来我这儿不但自带茶叶,连我的茶杯也说有异味,原来我把茶叶换了地方,茶杯却仍旧和大料花椒共放一柜,这当然又成了一则笑谈。下次再聚,朋友干脆送了我一套茶具。我不喝茶,但对老茶壶,尤其是紫砂壶却极其有兴趣,美其名曰"不藏壶者也说壶"。

最初是一九八几年,琉璃厂一个古玩铺办了个紫砂壶展销,我看傻了,才知道喝茶的壶有各式各样,真是巧思妙想。印象最深的是一把平顶方壶,壶嘴安排在平顶的一角,壶把缩在壶身里,售价一百五十元,制壶者是位徐姓工艺师(李英豪的《茶壶珍藏》第三十九页有把相似的壶,"近代段泥小方壶,壶把部分和壶盖皆设计新颖")。一百五十元比我三个月的工资还多,买是买不起,隔着玻璃多看几眼罢了。

再往后,试着买了几把壶,看见落款是某某名家,天真地以为捡了大漏。自以为聪明的人其实本质上都很蠢。有一回亲眼目睹摊贩拿着抹布蘸着鞋油使劲儿地擦着砂壶,紫砂,紫砂,紫色原来是擦出来的。

当年"难得壶涂"所买之壶全送了人,只留了一把壶。这把壶是一百二十元钱买的,红褐色,是把真壶,壶身刻有"瞻仰毛主席故居　韶山纪念"。

还有一件二十年前的小事可以在这里一说。上下班必路过解放军报社,报社门口有报栏,除了《解放军报》还有《人民日报》《光明日报》《文汇报》,我每天晚上都要浏览一番。某晚忽然看见《文汇报》有篇介绍紫砂壶的文章,写得很吸引人,还附有古砂壶拓片(我喜欢看拓片甚于看照片)。实在是喜欢,我把报栏的推拉玻璃推开,将这张报纸拿了出来,回家剪下这篇文章贴到剪报本里。孔乙己曾云:"窃书不能算偷……窃书!……读书人的事,能算偷么?"

也是二十年前，我常常去中国图书进出口公司样本室看看有什么可买的书刊。有一天赶上人家快下班的时候，我边往外走边心有不甘(不想空手而归)，忽然瞄到柜台最下一层摆着我寻找了很久的《紫砂茶壶》，赶紧开票交款。此书作者为香港收藏家李英豪，李氏出版了几十本关乎收藏的专著（后来内地某出版社买下李的所有版权)，我买了十几种(均为港出原版)。彼时物价飞涨，钞票贬值，抢购成风，存款年利息最高达18%。李英豪见风使舵，鼓吹"收藏保值论"。有一时期他的书名均冠以"保值"二字，譬如《保值珍邮》《保值字画》《保值鼻烟壶》《保值田黄与印石》《保值老爷表》《保值白玉》《保值硬币》等一大堆。二十年后再来评估李氏的保值观点，全部让他说中了。

　　有关紫砂壶的图书，现在是出滥了，非精挑细选不可，而民国时期谈紫砂壶的文章，我手里保存着一份，好像可算作"孤本"了。民国三十年南京《国艺》杂志所载《紫泥雪影》，作者"后紫霞翁"不详何人。他说紫砂壶藏家"近代收藏家，有张燕昌、吴槎客、朱笠亭、何道州、张叔未、吴清卿、经亨沐、丁鹤庐、张谷雏、李凤坡、蔡哲夫、区梦良、唐天如、何觉夫、宣古愚及日本奥兰田、川天刚、渔隐田诸

189

人"。这份名单是个线索,提供了追寻近代紫砂壶收藏史的细节。

二〇一四年五月十九日

"多欣赏,少占有"

女性鉴藏家少,杰出的女性鉴藏家更少。郭良蕙乃特出头地者。

郭良蕙(1926 年—2013 年),河南开封人,台湾著名女作家。可是我从未读过郭良蕙的小说和散文,我只知道她是一位古物鉴赏家、收藏家,长年奔波于欧美各大拍卖行,撰写拍卖行情分析及古物鉴评文章。由于郭良蕙具有优质的文学创作功底,她的拍卖评论不只是罗列干巴巴的数据,而是捎带着描绘异国风光地理人情,她用女性细腻敏感的笔调温软了真拼硬打的拍卖竞争。

除了有别于古玩行业循规蹈矩的文风,郭良蕙透过收藏考虑人生的深刻观察力,使得她说出了许多富蕴哲思的语句。譬如"人真奇怪,不论对人对物,经常想尽办法占有,又想尽办法放弃"。闻此言,对照一下我们自己的收藏经历,是不是常有"占有与放弃"的折腾?譬如"人的喜剧和悲剧都出自太患得患失"。人啊,一旦沾上收藏癖,患得与患失,便如影相随,一物之得、一物之失都会搅得方寸大乱,失态、失言、失格、失友。别人我不知道,反正"患得患失"的教训我领教够了。

子曰:"鄙夫可与事君也与哉?其未得之也,患得之;既得之,患失之;苟患失之,无所不至矣。"翻译成白话即,孔子说:"可以跟品质低下的人一起侍奉君主吗?当他没有得到的时候,忧患得到;当他得到以后,又忧患失去;如果忧患失去,那就没有什么事情做不出来了。"这是多么危险的一种过度热衷收藏的行为。

郭良蕙关于古玩鉴藏的金玉良言,真是不胜枚举。再譬如这句:"若要提升民族的灵性,导向高格调,培养艺术欣赏是顶免不了的重要工作。否则富则俗,穷则酸。"好一句"富则俗,穷则酸"。现实的收藏热,大伙儿穷是不太穷了,因为太穷也搞不了收藏啊。

"富则俗"却是普遍现象:炫富,不俗吗?斗富,不俗吗?仇富,不俗吗?妒富,不俗吗?贫儿乍富,俗气难免,可如今大家都属"百万富翁"阶层,品位修养顶重要,俗雅之分,务必拎清。

"多欣赏,少占有"——郭良蕙语录中最具普世价值的至理名言。她劝我们:"现在做个藏家可不简单,你有眼光,别人也有,每件器物都硬碰硬的货真则价实,倘若连买几件重头货,便会承受到经济压力,无法周转自如了。这也是一般外行人士常常挂口的'古董是有钱人的玩意儿'。实际上缺乏经济基础的,也并非不能收藏,只要戒贪,量力而为。还是老话'多欣赏,少占有',否则永远不会感到满足。"

说得何其好啊,阔藏家们听了会懂得"戒之在得"的道理,穷收藏爱好者听了会受鼓舞。

给收藏家、收藏者留了那么多"警世名言"的郭良蕙女士,身后却备尝世态炎凉,据报道:年轻时候的郭良蕙走到哪里都是焦点人物,她自己并不高调,也不需要高调,自有人为她安排高调的能见度。晚年的郭良蕙刻意和文坛保持距离,成为悄然之人。她可能想不到的是,当她离开这个世界,真的没有人记得她了,近百家电视台没有一家播报也就算了,连当年副刊上天天挂着她的名字连载她长篇小说的报纸也不提只字,这就有些让人匪夷所思了。

二〇一四年二月十三日

收藏何以成了庸众的娱乐

从字面上解释,"收藏"最直白的意思即是"收起来,藏起来"。不知从什么时候起,收藏成为最透明、最公开、最大众化的词汇和行为了。传统的收藏,"隐匿唯恐不深",怎么会将"秘不示人"之宝贝展示于大庭广众之下,这违背"不宜露富"的古训啊。心中的这个疑问,随着越来越多电视里的收藏节目,渐渐解开。

收藏之所以有今天火热之局面,电视应该说是"功不可没"。我最早参加电视里的收藏节目,那时还是此类节目的初级阶段,安安静静的采访,安安静静的主持人,安安静静的观众,传播的是收藏的知识和收藏的理念。后来的后来,社会名流来凑热闹了,唱歌的,扭腰的,学文的,学理的,三百六十行,行行说收藏,节目又多了个名词,称他们为"嘉宾"!这节目变味了,可是收视率上去了。同时我想,

194

一些半夜三更才播出的读书节目，为何不向收藏栏目取取经，也请些嘉宾和评委，美其名曰"去伪存真"。按理说，爱书的人不比爱收藏的人少啊，说到底，还是书生气作的祟。

说到收藏节目火热，为什么火？为什么热？我认为，节目的策划者敏锐地抓到了现代收藏的核心的核心——金钱！某大牌电视台的收藏节目直接让"献宝人"自己估价；让嘉宾估价，其间还有若干小伎俩，最后发给献宝人一个证书（什么用也不管的证书，有位拍卖行的人说老有献宝人拿着证书，说我这个宝值多少多少钱，卖给你吧）。全民"拜金狂"摧枯拉朽，顺之者昌，逆之者衰，收藏焉能幸免，收藏节目焉能不推波助澜？但是我们还是不能说它是"助纣为虐"，毕竟收藏还是属于民间游戏的范畴。

"献宝"有时简直就是"献丑"。此话怎讲？你想啊，绝大多数人哪有机会上电视啊，借收藏的光上一回电视，对某些人来说真是幸福得快晕过去了。千里迢迢自费来到电视台，在全国人民的注视下，在聚光灯的照射下，或口才不成，或形象不佳，或衣着不整，加之主持人调侃两句，那洋相出大了！前几天在电视里看到一个人，一嘴前凸的龅牙，令人心里极不舒服，却能场场露脸，他不是嘉宾，亦非专家，就是豁得出去，一会儿说真，一会儿喊假，上蹿下跳，哗众取宠，我猜节目导演就是让这种人来暖场的，中国人生性腼腆，有这样的"人来疯"，不至于冷场吧。

想起很久之前，收藏还是"玩物丧志"的代名词的年代，就是有点儿收藏的念头也是藏着掖着不敢与人言，不由得不生"今生何世"之叹。

二〇一二年二月十一日

大石作胡同访古

　　窝家里写稿写得憋闷，隔几天就得出去透透气。北京虽大，想来想去，还是往北海公园便当，一趟车直达，还有座。夏秋用小钱包，冬季换大钱包，谁料一换忘了带公园年票了，再花钱，她肯定不让，北海不进了，往东奔陟山门。"选日不如撞日"，错有错的好处。景山前街西北角的那座二层西洋小楼，我曾经无数次从车窗里望它，想象什么人住在里面，它可是够古老了，景山前街还叫三座门的时候它就戳在那个拐角，邓云乡也许知道它的历史，更也许不知道。我头一回走近小楼，它现在的门牌是"景山前街二十七号"。

　　灰砖小楼独揽皇城美景于一身，它右邻北海左傍景山，与故宫西北角楼隔河相望。楼已陋，景依然，我在楼上看风景，历史的烟云从窗前飘过，新文艺腔啊何时戒。楼

197

危矣,人声渺,外墙居然用很窄的角铁加固,木窗户还是原装货,电线极其险恶地缠绕,一丁点儿生活的痕迹也看不到,至少该有个空调外机啊。当北京沉入夜色,我估摸小楼可做鬼片的外景,《夜半歌声》里宋丹萍藏身的顶楼。

我们绕到小楼的后面,这是一个很短的死胡同,只有三个门牌,小楼是二十七号,对门是二十五号,大门冲东的是二十六号。二十五号我们进去看了一下,不是大户人家的格局。我假装从此门出来夹着皮包去上班,望见门前的马路有汽车驶过,想起南方"我家后门是条小河",才领会出"寻常一样窗前月,才有梅花便不同"原来的意思。

对面故宫的墙根,那里有一排依河而筑的平房,那里能看到的景致,也许是全城最美的,只是住在里面的人不觉得,八道湾十一号的住户从来也不觉得他们院史中的两位名人给他们带来过什么实质性的好处。

从死胡同出来,就是大石作胡同的南口,蜿蜿蜒蜒大石作,它的东出口就到了陟山门。我们在大石作里一节一节地访古,除了庭院深深深几许的私宅,小门洞开的我们全照陈建功所云:"进!"不进待何时,蓬门今始为君开。有几户居然在门前栽了竹,还自铺了碎石小路,悠哉哉的小日子,皇城顺民,几不知天下大事,朝韩箭在弦,美帝弓在手,我们的航母尚在襁褓里。

朱自清的名作《春》最初被刊载在民国初级中学国文课本里,文字与现在的不全一样,这区别是朱金顺先生考证出来的。我感觉到兴趣,就在网络上把这本国文课本找到并且买了。课本另有一篇《风雪归大石作胡同》散文,作者名字很陌生的,可是大石作对我有吸引力。

去年七月我博客曾记——今日午后小雨,与陈德企兄访此院,墙上辛亥革命者像,袁克定左为汪精卫,精光四射,英气逼人,近代四大美男之誉诚不虚也,余注目良久,默诵汪兆铭名句"引刀成一快,不负少年头"。

那天因为一点儿事情陪老同学到大石作胡同十八号。后来上网查此院历史,最显赫的是此院曾为朱芾煌故居,朱芾煌曾做过孙中山秘书,那么这院就很不寻常了。我们那天谈事是在东屋,东屋与北屋夹角的那间小屋,据称朱在那里去世的。现在院落的使用者已换了不知多少了,再早是一家杂志社。墙上的辛亥革命者像,所谓"汪精卫"也搞笑话了,不是汪精卫而是日本名演员三船敏郎。这人演过《罗生门》《七武士》《日本海大海战》里的东乡平八郎、《山本五十六》里的山本五十六。看来,照片的"张冠李戴"在今天不是独立事件了,屡屡有大出版社大电视台将钱锺书的照片安在胡兰成身上，我一直奇怪为何没有人起诉这件事关钱老名誉的事情。

二〇〇九年至二〇一四年六月陆续写成

秀才人情一本书

老话有"秀才人情半张纸"，说的是穷秀才碰到人情往来，拿不出贵重的礼物送人，只得裁上半张纸写写画画,权当薄礼。我改易"秀才人情一本书"做个题目，含有一点儿玩笑的意思，也有实情的成分。送书有好多种方式，我这里说的是自己写的书送给朋友之后发生的一些小事。

我有一个好习惯,凡事都要记录下来,日记是从初中二年级记到现在,积有三十多本了;生活账从成家以来一直记着,也有十几本。十几年前出了第一本书《漫话老杂志》,到今天连编带写的单行本过二十册了,每本送过谁,哪天送的,我都有详细记录,总共送出七百多本,送人最多的是《搜书记》,六十一本。编的书送得较少,大约四五本。

毛边书是时下热门的装帧形式，它是小众的最爱，不懂行的读者多以为毛边书是"残次品"。我的第一本书就嘱咐编辑一定要做几本毛边本，编辑也不大清楚毛边本为什么如此招人喜爱。等到毛边本做出来了，一共做了十本，她看了也觉得样式别致，就留了两本，到我手就只有八本了。

送书先送最亲近的朋友，而我的朋友多为"毛边党"的狂热分子，当然送他们必须是毛边的。更有甚者，毛边书舍不得裁，硬要我另送一本"非毛"的，还美其名曰"一本收藏，一本阅读"。八本我送出七本，只剩一本无论如何要保存，毕竟是处女作啊。

十几年后，新一拨"毛边党"冲了上来，其中一位最舍得花钱，唐弢的《晦庵书话》毛边本他出了七千元。一般而言，毛边书过去多是做十几本在书友圈子里玩玩，现在则是二三百本。因稀见珍，《晦庵书话》既是书话名作又制作无多，也还算值这么多钱。谁知这位兄弟听说了我这儿仅存的一本毛边本，愣是要出三千块让我割爱。我哪里舍得，任他磨破嘴皮也没答应。谁知我送出去的七本，其中一位意志不坚，终被这位兄弟以等值几千块的旧版书换去。

止庵先生曾经在旧书店遇到过一件事，自己送出去的书被对方处理给旧书店了——"我曾听人说：列位赠书，请勿签名，因为送到旧书店不好卖。举座愕然。我也曾在中国书店见过自己的'签名本'，不过写了字的扉页给粘上了，对着光才看得出来。想起这本原系人家不久前指名索要，不禁失笑，插回书架。由此明白：别轻易赠书，尤其是对此兴趣不大者；亦别轻易索书，尤其是自己不感兴趣者。当然，相识或不相识的朋友送给我的书，我都好好放着，不会像上面两位"（《我的签名本》）。

　　我并不完全同意止庵的看法，他所言的两个"别轻易"都是马后炮，总不能在赠书之时问人家："你将来不会把它卖了吧？"王朔说过："最先反叛我的就是我的读者。"此话多深刻啊！

　　看着我的送书名单，其中有后来疏远的，或形同路人的。我并不失悔当初的送书，人的一生，从头交到尾的朋友，能有几人？夫妻尚且不能保证白头偕老。所以如果有人卖掉或扔掉我送给他的书，我一点儿也不会生气，反倒认为这是人情世故中最正常不过的一种现象罢了。

　　我发愁的是另外一件事，在送人家的书上写些什么话。老写"指正""惠存"一类的套话，总感觉是签名中的八股。我有一段话自觉写得不错，有位书友让我在《封面秀》上写句话，灵感突来，随手就有："封面尽可作秀，做人不秀为好"。

二〇一四年四月十一日

花大钱，买小报

　　我记账的，二十年来一笔一笔从未漏记。月底小结，年终总结，所以二十年来在收藏上花了多少钱，每年花了多少，我是有根有据的。二〇一三年花了一笔大钱买了一堆小报。"大钱不大"，因为如今是"亿元时代"，你的所谓大钱能大到哪儿去呢？"小报不小"，民国小报最能体现民国的万种风情，好玩得很呢。

　　说实话，这笔买小报的钱对于我的财政实力来讲的确要算"大钱"，当时很是"纠结"——心疼钱花猛了。不久，我看到了香港收藏家许礼平先生的一段话，心中立刻舒展多了。许礼平道出了一条收藏的真理："买古董，定真假是一难。真假已定，则价值位置又是一难。这两者肯定下来，便该是'心痛'和'后悔'的选择。其分别是：花钱会'心痛'，但'心痛'会随时间慢慢淡忘。但买不到的'后悔'，则是会与日俱增的。"以往我们"后悔"的教训还少吗？

民国报纸以前也买过一些，没太用心也没有列为专题，碰到价钱合适就随手买一点儿，不成规模也不成系统。比较大手笔的有几回，这里的"大手笔"不是指钱，而是指报纸的数量。其他收藏多为一件一件地买，一般而言，买旧报纸少则几十张多则成百上千，上万张的"一枪打"也不是没有。前几年在琉璃厂旧书市，一下子买了十几本合订本(报纸一般是一个月一合订)，其中年代最老的是《益世报》。所费不多，二百多元而已。如今这样的旧书市已成绝响，"此情可待成追忆"。另有一回是在报国寺地摊，一沓子从"八道湾十一号"流散出来的民国小报，书贩要了我九百元，我没还价。"八道湾十一号"是鲁迅在北京买下的第一所住宅，后来归周作人长期使用。见到这个门牌号里散出来的货色，你还犹豫什么？

地摊慢慢褪去光华，网络取而代之。那次的机会来自某旧书网。一沓搅拌在一起的旧报，真正的"断烂朝报"，卖家称之为"民国清末混杂破报纸一堆(还有点儿资料价值，宝者自鉴)"。对于这捆"面目不清"的报纸，我抱着撞运气的念头买下了它。它不但烂，还散发着霉气，我趁着夜寂人静才敢一张一张剥离，一张一张揭开，不能让家人看

206

到，更不能让她闻到。当天的日记:"晚整理断烂朝报,不敢让她看见,太脏太味,碎屑撒了一桌一地。很有些早年间的报纸,清代的《新闻报》即好几十张。旧报纸亦趣味无限。人生如蚁,真是可怜;所见未广,真是可怜。"

再回到二○一三年的这次"说大话拾小钱"的买报记。那是一个初秋的丽日,身心才从溽暑的煎熬下解脱出来,正处在一年里最惬意的情境。此时读到一个拍卖目录,满眼都是买不起的货色,很少有少于三个零的东西。也有些"无底价",但是久经拍场的人都明白"无底价"往往就是"无底洞",盖现场争拍起来,使气斗狠,"宁失钱财不失面子","无底价"往往蹿得比"有底价"还猛。除了这个普遍真理,我还有个"个人经验",我的收藏经历中极少有捡"漏"的福气,多是使了强的,超预算的,努着劲儿买的。

"不幸而言中",这句话好像为我量身定做。好不容易在这期拍卖目录上看到这摞"颇合吾意"的民国小报,好不容易凑齐了现款,好不容易找到了一位"过心"的朋友委托他代拍(并约定了出价的上限),好不容易查找资料备妥了课,好不容易等到了开拍的日子,好不容易等到了拍卖小报的那个号码。朋友在手机里给我"现场直播",庆幸!我俩的手机都未在这个当口掉链子。"一千!三千!五千!八千！一万二！还加不加？”到底多少钱成交的，恕我不透露了，万一传到她耳朵里，我以后还想不想买书了？所谓“不幸而言中”，即指成交价远超我的“约价”。

虽然花掉了巨款，但是这批小报还算对得起我（约六十个品种，五千余份）。我向名藏书家姜德明先生请教，他听我报了几个报名，马上说很罕见，很有价值，某某图书馆都没有收藏。

这堆小报还有一个特别之处，它几乎是从第一个收藏者手里原封不动地传递到我手里的。其间七十年的风尘土灰，七十年的烟熏火燎（彼时家家都生煤球炉子），皆深深地留有痕迹。唯独缺少纸制品特有的霉腐味，我想这是拜北方气候所赐吧，如果是南方货——前述“断烂朝报”即来自南方，恐怕也登不上拍卖会之大雅之堂。

钱花出去了，货到手了，登记造册了，二〇一三年也结束了。后面还有一个工作，好好读读来之不易的小报，把它背后的故事写出来。

二〇一三年十二月十七日

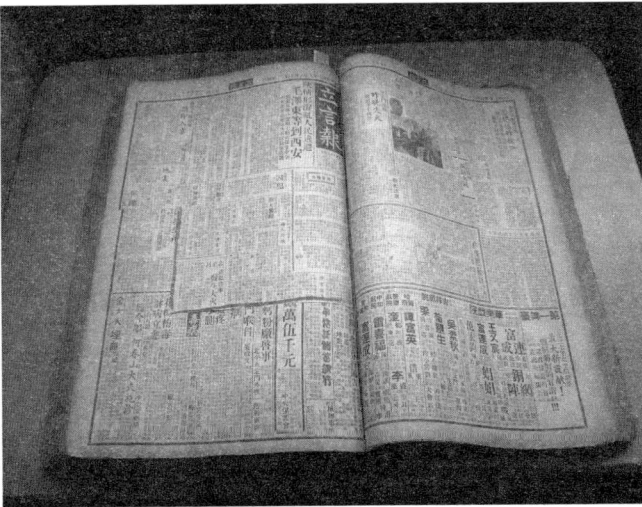

《搜书劄记》精简的日记

　　《搜书劄记》为我搜书日记系列的第三部,前两部为《搜书记》和《搜书后记》。按照"王小二过年,一年不如一年"的说法,《搜书记》最受欢迎,一版印五千后加印三千,北京三联韬奋书店售出一百六十册,是我的书在该店销售数量最多的。有人甚至买来送给黄裳、王元化这样的高级人物,黄裳的评论是"他和我收的书不是一个方向"(大意)。《搜书后记》像所有书或电视连续剧一样,续集总超过不了正集,有的朋友在豆瓣上评论"比《搜书记》掉了不止一个星"。原来给《搜书记》以好评的朋友对我说,《搜书后记》远不及前者写得好。对此,我略有不同看法,日记不存在"写"得好坏的问题,日记不同于其他文体,鲁迅日记与周作人日记谁写得好?显然不好做这样的比较。

之所以《搜书记》受好评，主要的原因是它是首创，在它之前没有这种样式的书，大家觉得新鲜而已。作为日记的主人，我倒认为我以前的日记没有后来"记（写）"得好，但是读者不这么看。《搜书刳记》更是强弩之末，读者连评论的情绪也没有了，尽管我在结构上做了重大调整，增加了"书账"。我终于明白，日记本来是私事，无论以什么形式公之于众，它都变成一本人尽可读、人尽可评的书了，你自认为的良苦用心，全白费。

《搜书刳记》由于篇幅的关系被精简掉八十九天的日记，以至于有的读者批评："一件事你怎么老是说半截儿留半截儿呢？"现在有机会"借尸还魂"到这本新书里，谈不上高兴，总算补偿了我一点儿当初的抄写之劳。另外有一个想法，买了《搜书刳记》的朋友如果对该书尚存一点儿好感，我的补抄就是为你而补抄的。

二〇一四年五月

二〇〇九年

一月十二日　周一

　　止庵电话,详叙谷林去世经过。他是前天去的,进门即大哭。最后一个月堆了一批来信,已无力拆阅。

　　抄完二〇〇五年三月的日记。

　　王洪波电话,改版了,专栏取消,真是短命。

一月十五日　周四

　　抄毕六月,苦役也。必在二月底前交稿。

　　王静学在邮箱里问有聚会参加不,有白济民、张子琛,回邮去不了。

　　夜抄毕七月日记,有老马去世的记录。

一月十六日　周五

　　一天天真快,时间是留不住的。

　　上午抄八月日记,近乎完。

　　止庵电话,我祝他五十生日,《苦雨斋笑话选》已出版,这几天正构思悼谷林的文章。

　　夜抄九月日记完。六天抄了九个月的。

一月十七日　周六

上午和晚上抄日记,已抄毕十一个月的。

台湾又来一邮件,要书影,这忙我可帮不上。

王静学电话,称我不去甚可惜,说蒋乃昌只想见我和关陆和,不见蒋已二十年矣。又称哲盟今年可能邀请一部分知青回去参加个什么会。

一月十九日　周一

止庵电话,催我写谷林,在一点之前写完了一千五百字,发给他。晚回电话说写得好,那两句是文章之眼,若无这两句全篇就一般化了。

夜间将台湾书稿要的两个表填好发出。等于写了三个短文,作品简介、封底文字、勒口作者简历。

将图片的文字说明及"后记"搞定,发给蔡登山。

抄二〇〇六年一月日记,得一千三百字。

近日吃煎饼上瘾,配以萝卜、芹菜和香菜,绝美味也。

一月二十一日　周三

上午抄毕三月日记,得一千二百字,迄今已抄了十五个月的,近全稿三分之一。

　　台湾两位还有邮件来,想让我出借实物,这怎么可能?

　　《南方都市报》电话,要给梅兰芳文配图,我跟他讲了一大通他才稍明白此文之意思。他讲胡文辉写文章亦得罪过黄裳,还是想放《古今》图片。

一月二十二日　周四

　　大风鬼哭狼嚎了一整天,巨冷,去趟超市都冻透了。

　　抄毕四月日记,恰十六个月,恰三分之一耳。

　　回台湾两邮件,自认为对答得体。

一月二十五日　周日　除夕

　　夜十二点,鞭炮声大作。今年的炮仗太厉害,一捆一捆地立在马路中央放,一旦倒了,简直就是喀秋莎火箭炮。

　　归,上网重看《不差钱》,仍大乐不止。

　　收李静、王洪刚、王良模贺年短信。

一月二十九日　周四

　　上午小洲电话,人在长沙,问我唐弢是第一个使用"书话"这词的吗?他在整岳麓书稿。

十一点和晓春去香山。香山较别的公园多了一个好处——静。香山房子里住的人，开门见山，与日月同作息，见太阳落，见月亮升，诚人生一福也。

夜抄毕二〇〇六年九月日记，总字数已四万。

二月九日　周一

收王稼句寄赠《看书琐记二集》毛边本。

黄裳上月发表文章还在辩解"迅自留"的事情，北京这里连谁谁谁造的假都清楚了。现在许多书商书贩良心大大的坏，利用老人消息闭塞，上下其手，大发横财。

布衣书局发售《周作人传》毛边本一百册、王稼句新书毛边本一百册，均于一小时内售空。毛边书热仍高烧不退。

二月十三日　周五　小雨

昨夜十一时终于抄完四年日记，一日两抄，历时一月，真不易也，有谁知我？

上午决定去颐和园缓缓神经，一个月来绷得太紧了。沿东路慢慢走到谐趣园，上回还是二〇〇二年十一月来的，陪爸和允武。又隐约忆起三十多年前来过，观鱼桥，说了什么话，带了吃的没有，全记不得了，那段往事早收之箱底了。

小洲电话,才回北京,母亲病故,很难过。

二月十八日　周三

半夜又下了点儿雪,地皮略湿。小春执意要去拍雪景,这样就到了北海公园。雪不够大,所以无景可拍。出公园吃炸豆腐,于简陋小馆吃东西已不习惯,异味窜鼻,急出。

于雪池胡同口买甘露斤半。徐志摩追求林徽因的雪池日记,是这里吗?

登景山,自西边拾阶而上,俯瞰古城,抚今不追昔。

止庵电话,与李世文商议书稿,我这本字数仍多,要删。又称人民出版社刘丽华邀我去该社讲旧期刊。

夜翻出(一九)七〇年与锦京其相于景山所拍照片,距今四十年矣。又翻看(一九)七二至(一九)七四年日记,不觉夜已深。

二月二十二日　周日

《同舟共进》快递来三本,叫我写时往这方面靠,真靠。

吴兴文电话,昨天把四本书都看了,说我的书一看就是凑的,没分类。柯书不错,赵书也可以。

三月四日　周三

今一日所说的话,抵得上寂寞的一周。

回岳麓社电话,果然是书稿事。小洲已交稿,止庵尚未交。

王良模十一点来。送他《三国演义》和《梦影集》。库伦照片只给他一张,他与额尔等必力格在包召屋里合影。王已一头白发,不染的话,真白,他说上车就有人让座。

中午三人在天外天吃,王执意要给七百元,我只收了二百。饭钱一百九十五元他付的。点的菜有:黄沙海参、烤鱼(草鱼)、糖醋里脊、砂锅豆腐、鸭肝。皆不合口。

三月十一日　周三

没干事。上午看欧冠录像,上网。去邮局发给周晶信及图片,这些年的合作要结束了,想起当时第一稿他来电话的情形。

晚去爸家,耳朵很背,交流困难。聊到文怀沙,我说这是个文化乱世,我都要在中华书局出书了。告诉他国彦得白血病了。爸讲了潘家的旧事。还讲奚家爸爸中风了。

《文汇报》谢娟电话,她调笔会版,约稿。

佼于电脑看《豺狼的日子》,一九七三年拍摄的。那一年我完完整整地待在青海。

理老虎尾巴，真积重难返也。

三月十四日　周六　十四摄氏度

天气是太好了，阳光下走着会幻想一些事情。

上下午加晚上理老虎尾巴，腾出开窗的地方。

晚董宁文电话，邀周一于深圳大厦内凤凰饭店吃饭。

三月二十二日　周日

大风嚎了一夜，白天的风仍很硬。

去官园国家电网换电卡。走在南小街，二十几年前上夜大经常走这里。来回走了两趟，才在后秀才胡同的位置找到了电网公司。服务很好，顺手写了表扬，服务员说您的字写得真好。

回到家给姐回电话，国彦二十日病逝，周五开追悼会。

从这两个方向来的电话全是不好的消息或消极的情绪。

三月二十四日　周二

去阜成门国家电网办新电卡。出来绕过来就是大百科全书书店,仍是旧格局,一无可观。楼上即《新闻出版报》,国彦在这里上了几年班。

工人出版社电话,给我邮箱传过来书稿意向,主编是马未都和方继孝。

小妹电话,国彦临终前几天她和姐去看他,国彦自知不久人世,拉着她的手哭,说姑姑待他好。

《科学时报》杨美新电话,约写专栏,双周一回,谈书谈事都行。莫非死灰复燃?

晚于旧书网竞投《真相画报》。

收到一大箱台版书,从汇款到收到书整十天。

三月二十七日　周五

八点起,九点出门。六〇九路转地铁,只三站即达八宝山。路上汇合姐和小妹。

八宝山人民公墓,偌大的空场哪儿都是一堆一堆的人,天天有人死,天天有人送葬。上次来是送老马。

其相来,他提醒写个挽联。请人写,二十元,立等可取。我起草稿。

双喜开车与方先生、方婶来。

于留言簿签名处意外认出王强华。

见到了上海来的国强夫妇、国瑞夫妇、明珠姐姐,这些都是自小知道的,见面却是第一回。

要四个人抬棺,我、国华、建农、建农儿子。国彦全身披盖,瘦小,戴了顶呢帽,鼻孔塞着,脸色青黑。两个月前是最后一面。

工作人员指挥人群依次站好,家属亲友站了两排。张淑大姐一直有人搀扶,满脸悲切。

吴道弘跟我握手,我叫"吴老",他反应过来了,"你们是表兄弟"。

晚于旧书网站无意中搜到《宇宙风》第四十三期,我原存的那期缺封面。

以五百十五元竞拍得《文学大众》,查目录是全份的,就出这两期,两期全是特辑。

三月二十九日　周日　阴冷

夜里要盖两床被子,春寒之威焉。

找出国彦的旧信、旧文、旧照片,想起他十七岁独自来北京闯生活——个人奋斗的一生,很快就写了一千五百字。旧照片中有一张是国彦从咸宁五七干校回京全家在天安门合影。

止庵电话,谷林遗稿已编定,很大可能要编成两本。又说《书林》上也有谷林文章,叫我找找。《书林》放在电脑旁的书柜里,欲取出,工程浩大,自二〇〇四年已有五年没开过柜门。

四月一日　周三

上午赴饭局,方继孝请吴雅慧姐弟,我与吴兴文作陪。

方说去吃北京小吃褡裢火烧,类于锅贴的那种煎物。食客甚多,要拿号排队。大粗长方桌,大粗方凳,吃时脸对脸,大快朵颐。

晚三人去人民医院看姥爷,十七层高干病房,一室两人。护工在此院已干了三年(媳妇也在这里做护工),人比二〇〇六年那个护工实在。七十二元上交二十二元,自己得五十元。屋里条件很好,只当疗养吧。

夜上网,天涯论坛有"泌之洋洋"者评《终刊号丛话》,中肯得当。

四月九日　周四

小春邀我去天坛,言辞恳切,称马丽芝去年即说天坛有丁香园,她一去就坐半天。我不来天坛三十年了(查旧

221

日记,上次来天坛是一九七九年九月九日)。

夜三点看欧冠,巴萨对拜仁,拜仁的教练是克林斯曼,上半场巴萨即四比零领先,下半场就不看了,睡。白天上电脑查结果,终场还是四比零。

乘运通一〇二路直达天坛南门。门票十元,祈年殿、回音壁等主景点不在十元之内。天坛很大很方很平很多树（越靠近祈年殿的树越古老）。双环亭于我俩有纪念意义。才知道此亭是一九七五年自中南海移建于此。

收台版《小团圆》,一月之内已七刷,厉害。

四月十六日　周四

夜等球,上网溜达,突然看见《内蒙古日报》刊出鲁雅君的文章,题目是《藏书家谢其章在库伦插队岁月》。随文还发了几张照片, 有一张跟我无关却安到我头上了。白天赶紧给鲁发邮件要报纸,又给日报电话留了地址请他们寄报纸。这张报纸有意义了。一九七五年冬,把炕烧得热热的,独自一人在小屋里看报的情景总也忘不掉。

止庵电话,我笑他《小团圆》使他忙得团团转。

小区后面死一老者,家属用老法办丧事,搭棚设席,狂吃狂喝。还有纸马、纸马车等殉葬品,以前我是没见过的。比之前年的那次丧事,缺少的是没请唱班。前年的那个女高音,嗓门之高能把死人的魂魄喊回来。

四月二十一日　周二

方继孝电话,已定中饭,是自助餐。我爱吃的只是软炸虾仁、熏鱼。

等到一点半,《旧墨五记·文学家卷》送来了。送我和吴兴文各一册,另托吴转送吴雅慧一册。

五月六日　周三

台湾旧香居书店吴雅慧电邮,叫写文章,《联合文学》刊用,月底前交稿。

小胡电话,鼻子出血不止,从嘴里吐血块,叫一二〇送医,医生也说不清是什么病,可怕。他血压低一百二十、高一百五十,低压够高的。约周六潘市聚。

台湾陈志华电话,欲采访谈旧书业,甫自韦力处出。

五月十二日　周二

外面飘着几个大稿,《藏库》《读库》《历史学家》《博览群书》《万象》《香港文学评论》《南方都市报》。

秀威电邮，欲加个副题"淘书笔记"，我回邮说不成。

唐薇错将邮件发我这儿了，还要来。

夜乘凉快爬上案子将《大众》散本找出，小赵说谢泳要用。

五月二十一日　周四　阴雨

写毕工人社稿的第一篇史略，第一章最难写，写下去吧，只当温习一遍近现代藏书史。

……晚上打电话给王良模，并安慰一下闫铭，她是满(文军)的粉丝。王说一月前见到杨民了，说小五去美国治疗癌病了。真难，所以杨哪有心思回库伦。王又说到离开下勿兰的头晚，高会计之女来点，递给王一纸条，称"我要飞"，我在旁却浑然不觉，一点儿也记不起来了。

五月二十二日　周五

写工人社稿的人物小传，渐入佳境，亦不觉得难写了。

夜看电影《新儿女英雄传》，只是为看谢添的张金龙和李景波的小六子。

六月一日 周一

中午寄出《搜书后记》校样，及送杨云辉《搜书记》。

晚上翻完三个月的晚报，胡同版比之四合院版有看头，离按院胡同最近的学院胡同也有人写了。

写《书趣》书评，得六百字。

六月二十九日 周一 三十六摄氏度

中午出去采购，西瓜、荔枝、松花蛋。太阳猛烈，万里晴空，云彩像飘浮在蓝色的海洋，很久没有看到如此正宗的湛蓝的天色了。

刘丽华电话，选题她感觉有意思，往上报，并问对稿酬的要求。

晚读《上海书评》，本期书房专版是倪墨炎书房，二〇〇四年搬新家，用的是出版社专用的装书纸箱，用了二百个。

七月八日 周三

工人社稿又写了两节，争取这礼拜将第二章写完。

收《藏书家》光边、毛边各一本，编后记暗示将停刊。

小洲电话，岳麓社催封面呢。

止庵电话，谈及生死，谷林曾云必不拖累别人，选择安乐。

七月二十六日　周日

止庵电话，中华书局的书不设外封了，当初的十项设计仅保留一项，这也许是许多事情的规律。称于香港看到张爱玲最后的照相，实在悲惨之至，形象全无，像一个蹲在马路牙子的老太婆。其实，任谁濒临死境，样子都好看不了。

上海小宝撰文骂《小团圆》。刘苏里不评《小团圆》。说到底，《小团圆》是照妖镜，成不成，一照便知。

给陈老伯电话，周四就收到书了。说错字多，尤其是外文的错误令他很不满意，随口就念了几句英文。提到《雷峰塔》里竟有张爱玲承认于"一千元灰钿"上可能是她记错了。

八月十九日　周三

金铁电话，为杂志约稿，六十年大庆题材，让我写"文革"这块儿，我说最烦这块儿。后答应写串联及十七年小说。

安水机的来得太早，我让他中午再来。他称呼我"谢爸爸",真是的,这是哪国的叫法?

晓春自圣德归,晚上才到家,真有她的,十二点多在景山下车,看人家打牌,人家看她站在一旁,让给她打,她就打了三局,天黑始归。

✕君电话,稿费仅八百五十元,一字一台币。

九月二十一日　周一

与晓春陪赛芬姐游香山。核实了几件家史中的故实。

九月二十二日　周二

我陪赛芬姐游颐和园。姐一路叙说家事,视湖光山色于无睹。

十月六日　周二

十一点半到大方饭店。李世文、杨小洲、别问、止庵、方继孝来。方、止大聊京剧,旁人插不上嘴。世文带来四种小精装,分送大家。与别问同乘六〇九路归。

十月十一日　周日

早晨七点起看阿根廷对阵秘鲁的下半场。揪死心了,太戏剧性了,马拉多纳的雨中飞滑,真是十年一见的场面。

十月二十七日　周二

上午去香山,上车就感觉人比平日多,一下车更是知道坏了,道路上全是人,比之平日得多一百倍。

这时才明白当初家有禁书如坐火山的感觉。

至双清别墅,仍按原路线往上,大石壁处有个什么文化图片展,文字说明中竟将周作民说成是周作人的二弟,殊可笑也。

出园走到植物园才坐上车回家。车上接世文电话,小精装座谈会改在中华书局办了。

小洲电话,岳麓社的书印出来了。

十一月六日　周五

中午寄四包书,又要开包检查,前几天还不查呢。

收田筱森快递,鲁雅君们编的知青回忆的书及那天于白宅拍的照片。又撩起我岁月如流、青春不在的感叹。

十一月十三日　周五

半夜又落雪,连着三场,又嫌多了。

晚去爸家，他上月二十二日至二十八日做了白内障手术，手术仅半小时，住院三天，本可不住的。说了些过去他见过的旧书业。

十二月二日　周三　风

上午和晓春去国际人才，各事极顺利。出门吃永和大王，我要两根油条，她是一面一粥。吃罢进动物园。

晚小洲、谭宗远、杨云辉电话。

拍得《谈虎集》。

十二月五日　周六

夜看世界杯抽签。

九点半出门。到了先给"别问"签书，签了七八十本。碰到刘福春追问姜的稿费。

中午饭加吴兴文、小洲五人吃，一百七十三元，吴埋单。

饭后逛地摊，一本未买回家。

十二月九日　周三

寄子善、谭宗远毛边本。

与卖家谈妥价钱,周六在潘家园交割《插图本中国文学史》。

止庵电话称有件事瞒了我一个多月没告诉我,我说你真是小看了我啊。

自行车不知碍着谁了,给扔草地上了。找一楼小公司理论了几句,人家态度好,我又没抓到现行。

十二月二十日　周日

晚上去洪茂沟。于张政的小屋待了一会儿,他竟一人在喝酒,下酒的菜就是栗子和烤馒头片。第一句就是今天卖了套《奔马》,一百五十五元。他还卖些稀奇古怪的玩意儿,我看都是垃圾,仅一年十二期带创刊号的《说文月刊》是个正经东西。

二〇一〇年

一月十九日　周二

艰苦起床。十点半出门,八四六路直达北海,今天气大不如前几日,游人极少,连稀稀拉拉都算不上。于琼岛春阴处拍照,不记得以前在此拍过什么。于阅古楼看碑帖

(石刻),晓春看出帖中有"谢"字,若干个写法,"言"早就有人写成"讠"。中国的世界第一多是虚弱的,唯书法是真的第一。

仍于陕山门食炸丸子、老豆腐,仍脏乱不堪,美味小吃多容身龌龊之邦。

一月二十二日　周五

于孔网见《拙政园记》,唐山人售,一千二百元,与其商议让二百元以一千元成交。

中午去找迁地的农贸市场,找是不难找的,于新楼之间的废地上临时搭了几座棚子,亦长久不了。来回仍钻涵洞,这一片的破民房全拆了,好大好大的一片空地。我看到一卡车高高的装的是砍成一节一节的树干。这个地方的历史被铲平了,以后来回穿梭的就是汽车。

一月二十八日　周四　晴

旧书网有《新华画报》若干上拍,内有姜德明《书衣百影》中那一幅书影,我早已有意,应拼争一番。

锦元电话,去年一年竟未与他说过一句话。小爱人家里仍不接受,春节想瞒着老娘回安徽一趟。这日子过的,他自己觉得怎样便好。

晚以二百三十元得《国民杂志》一册,一本一本地凑,是把快乐分成一小块一小块地享用。

艾俊川电话,邀周六吃饭,我说下周六吧。

二月十三日 周六 除夕

晓春自外归正巧截住邮递员,有我三张汇款单,《中国收藏》五百元,《中国商报》一百一十元,《上海书评》八百四十三元。谢谢这三家,除夕送来钱的我都特别感激,许多许多年没有年终奖一说了。

去工行,一老者买一百元的电,忽然呕吐倒地,人老了,真是悲惨。

春晚确实无计可施了。

接 N 多短信贺年,建农、田纲、王良模、王洪刚等。我这一三〇手机能接短信却回复不了,号也老了?

三月二十六日 周五 晴

距前天坐过站仅四十八小时,我既匆忙又草率地做出一重大决策,对与不对,两说着吧。

十点钟将电话线重新接好。

四月二日　周五

上午给老虎尾巴做改造，中间心血来潮地给世文电话，谈《出书记》，他说是不是有点儿早啊。是有点儿冒失，谁关心你出不出书。

四月三十日　周五

历时一个月的一件大事，今天算是圆满落幕，没出大岔。

办事间歇去当代商城找王良模，这是我第一回进此商城，尽管它矗立有年头了。匆匆与王聊了会儿天。

晚冯传友电话，约周日在朝阳文化馆见面。

六月十日　周四

晚乘八四六路去大院胡同，久未来，屋里仍乱得可以。顺路到羊肉胡同，看王伟、刘学华旧居，门庭依旧。西四路口，无数次地来来回回，夜色中的感叹。

七月一日　周四

下午四点回旧居。这主儿居然拿出一张二○○一年七月我写的二百元欠条，我早忘到莫桑比克去了。她说我人好,我说她你人也好就是太穷,别恨我,要恨就恨这个世道吧。一九八四年那台日立冰箱还在使用,十几年前冻的东西居然还没坏掉。

出来和张政、张政老婆一齐参观对面一楼一层,装修改造得真好,前面接出来的一大长间也好,几乎没缺点。相比之下,张家就是贫民窟,怎么活也得活着啊,现如今,干什么都行就是别跟人家比。

转过来又和火车司机聊,他一九九五年五十一岁上办的病退。这个门牌里的老住户就他一家了,从一九五八年住到现在。胖婆娘在楼前圈了块地,种了三十几株老玉米,正上化肥呢。

别矣,我的沟。

归于大中订夏普三十二寸电视,为看世界杯决赛。

七月十三日　周二

世界杯过去了,该干什么干什么,一切又恢复常态。

姐来电话,阿哥最小的妹妹死了,也是癌。一九五五年生人,六○年随舅妈来我家住过,常教我们上海话"淘(音斗)米烧(音扫)夜(音哑)饭烧好夜饭吃夜饭"。

柯来电话,聊球。他对我和小赵老不去潘家园表示不满："老不去，快散了！"

七月十九日　周一

九点奔展览路，又转至北营房，很容易地办完一应手续。还与她们聊了几句养花。

归买西瓜和桃。大雨如注，闷热稍缓。

收拾多年之积物，竟收拾出一箱茅台、一箱紫砂茶具。茅台想起是谁送的，茶具想不起来了。

晚去爸家。他说我是五日早晨两点出生于上海同济大学医院。

孔夫子旧书网拍卖《文史》全三册，七百六十元成交，遥想十五年前我六百元拍得第一期，怎堪同日而语。

八月二日　周一

中午乘八四六路，采用晓春的路线，慢吞吞四十多站，中途还得倒九三〇路才到圣德。她马上搞卫生，我开空调睡西房。晚饭在园旁一家餐馆吃，此馆的招牌菜是鸽子。我吃家常饼、疙瘩汤，汤有异油味，不佳。她吃鸽子肉饼。于路口购半个宁夏西瓜。

归看电视，无机顶盒，不清楚。只好看DVD，看了三个,一个看过了,另两个看不下去。

八月六日　周五　晴

九点,当当快递送来六个书格,六个纸箱装,需要自己安装。先安装了四个,放在书案上。

王雪霞电话,问《中华小说界》《小说新报》的市价。

读董桥旧文评老舍的《老张的哲学》,那应算董桥早期的文章,风格与今截然两样。

郑逸梅云,不与贵交我不贱。此语可做今日处世之宝典。

八月十五日　周日

一百一十年前之今日,使馆解围日,慈禧出逃时。近日多读庚子国变书。

今海上文人,既未沾光张爱玲之仙气,也未得传迅翁之鬼气,皆老实巴交之辈。

"别问"赴新疆途中拍了不少照片,黄河与沙漠的几张最动人,壮美,辽远,空荡。

十月三十一日　周日　晴

天气好,太阳暖,活着真好。

写毕《幸有书当枕》书评。开写《吴宓曾住按院胡同》。

鲁迅书屋小董电话,《芥川龙之介全集》到货,《创刊号赏真》仍无货。

将二〇〇四年买电脑商家送的喷墨打印机送给了迁到小区内的晓霞照相冲印店龚老板,六年才开箱,龚说还是四色打印的,可能用不了了。

晚结各账,生活费平稳,购书款过四千,收入过万,积蓄未增。

十一月四日　周四

夜看《乡村爱情二》两集,接着看 AC 米兰对皇马的欧冠,二比二平,高龄射手因扎吉三十七岁了还能进两个球。

十一月九日　周二

上午给姜德明老师电话,他说这套期刊目录听着不错,也订一套,一再声明要付钱。他说当年买《今传是楼诗话》只花了一块钱。

晚六点李辉电话,也想买期刊目录,他自己在孔网上买。

十一月二十三日　周二

将邵绡红的稿子发出,顿感重负离肩。全日竟荒废也。

不知今日止庵心情怎样。晓春说我的邮件写得感人,她读了几欲落泪。

十二月十一日　周六

夜读《异乡记》,张爱玲太会写景了,白天再看,依然觉得好。

十点安装宽带的来了,是从电视那个宽带口接的,再连一个"猫",十分钟安完,填表,交一千元,称晚上就能开通了。到了晚上(这晚上怎么算晚啊)仍未通,上不了网,问96196,好几种回答,都不成。哪那么容易的。这还是首善之区的效率,外地可想而知。事老是有小的不顺利,人生即是由无数小烦恼组成。

二〇一一年

一月五日　周三

今天以闹剧开始,以闹剧结束,《乡村爱情》里有一句老挂在嘴边的话,即"这一天呀"。

十点,林的儿子居然带工人来安栅栏,赶紧打黑车赶过去。那儿子真轴,一加一等于二跟他就是说不明白。工人们倒是害怕了不敢动工。晓春去找派出所,警察说:"你就横着点儿!"后来还是儿子的姐和姐夫赶来制止事态。晓春说起林家的逸事,很有"往事感"。

中午这顿面条来来回回吃了五六回才吃完。本与工人谈好围后院吧,又起了大的内讧,生了另一肚子气。工人刨了几下,地冻死了刨不动,闹剧这才结束。

归途于国美看笔记本电脑,想买惠普的。

方晓电话,约写张乐平。

一月三十一日　周一

最高气温六度,出奇的好天。本以为是踏实的一天。

一到医院,姥爷就说今晚上即出院,我马上跟各位核实,属实。中午转到官园,买了两条裤子,一条是给自己的。晓青电话,小姜已开车到医院了,我赶紧赶回去。又结了好几笔药费单,忙忙活活,姥爷能把人赶落死。五点钟总算腻腻歪歪上了小姜的车。

三月四日　周五

读新买的几本关于库伦旗的旧书。

于医院走廊见一高女匆匆走过,认出是郭玉海老婆,马上跟进病房,躺在床上的正是郭。他也马上认出是我。今年五十六岁,去年退的休,拿两千七百元。患有多种病,下午六点才进院的。

耗到夜里两点半,确定今夜出不了院,我打车回家。

四月十一日　周一

今晚父亲将一盒子老照片及底片交给我。我给分了三等,极珍贵、较珍贵、普通。第一等里有青海的照片,上海老毛等。西安兴庆公园的合影也算在一等里。

一九五一年一月二十九日至十一月十七日吾家曾于东城西总布胡同居住。

四月三十日　周六

早起对我而言形同酷刑也,即使早睡亦做不到早起。

才注意到树啊,草啊,都绿得很了,可是我仍得两边跑着医院。

晚八点去燕京饭店,今改名唐拉雅秀了。多少年前差点儿于此死于流弹。先去游泳,偌大的池子只一女老外在游,一个来回接一个来回地游,是练呢。我已多少年没游了,更有多少年没在室内游了。游泳和自行车一样,只要学会了,一辈子也忘不了。

广播称有紧急情况,声音巨响,命赶快下楼。跑到大堂,服务员称系统按错了键,虚惊一大场。

七月二十四日　周日　大雨

读前日其相给我爸爸的传略,他的经历颇有惊险曲折处,也难怪唠叨不止。

收《中华文化画报》样刊,雅昌印刷,当然好了。

修补前年所购《小说月报》合订本,今年正是该刊发刊一百周年。至夜五本全部修好。

"别问"电话邀去远郊玩一天。

八月一日　周一

得《中华画报》,有大幅沈启无照片。

收《俄国文学史》精装本。

晚散步至北面的铁路快运,买四个纸箱,二十五乘四十五乘五十五,想着是装书用的。

八月六日　周六

　　梁得所文写毕,四千九百字,十五幅图,传给胡新亮。《优品》小彭要的图片也传了。

　　收到十九本《西城追忆》,使劲儿地怀旧吧。

　　晚上去东面小店复印旧杂志,复印时必在旁边看着,别弄坏了。

十一月一日　周二　阴

　　大早赶去围栅栏。后院已动工,有邻居举报,街道来人,只好退回原设定之范围。国人之告密,自文明史以来从未断过。

　　九点我上二楼去说明围栅栏之原因,两分钟就说通了,原以为的一场恶战未发生。迅速命工人拆除旧篱笆,四十年之痒,为之一搔。历史问题,不宜久拖。

　　中午请工人吃大馅包子,并唠家常。

　　五点钟,前后院工程完毕,了却一桩大心事大心病。

　　中间抽空去海豚出版社送回校样。郝付云说书已印出,拿来两本样书,装订似有问题又退回印厂。

242

十二月二日　周五　雪

说是利用大好时光,结果看《马大帅》上了瘾,一连看了四集,还欲罢不能呢。

止庵电话,称香港拍卖黄俊东旧藏,《张看》的序十一页纸仅拍了十三万港币,简直太便宜了。

《上海书评》连载王培军《随手札》,很有点儿意思,逐期打印留存。

新生自南极回,拍照一万多张,啊。

十二月二十三日　周五　晴

今胸口仍不适,人也无心做事,类似感冒的样子。昨晚开始感觉到的,疑为抻着了。

二〇一二年

一月八日　周日　多云

陆昕电话,明天在周宅聚会。

杨良志电话,正在同仁医院,需动手术,明天见不到大家了。他今年六十七岁, 九九六年冬初识于北京出版社办公室,他五十出头,倒像四十几岁的人。我说你的眼疾是看稿子太多。

吴兴文电话,有组办刊物的想法。

一月二十三日　周一　大年初一

收二十几个短信,多为新知,旧雨仅一二。

锦元电话,尽是不好的消息。锦刚死于突发脑溢血,死在马路上,还是路人打电话通知家里的,享年六十五岁。最后一次见锦刚是在紫竹院吧。锦刚一生忙忙叨叨,未见其有片刻闲静状。近年每年都有熟人死去。

二月二十二日　周三　多云

四点半到三联,从从容容地看书买书。六点多胡总、王海涛,还有一位编辑室主任。我说还是刘宅食府,路近,饭菜水准稳定。

谈得很好,饭菜也很可口。

三月二十日　周二　多云

工作进入程序化,上午理复印件,抄成目录,并准备晚上需复印的刊物。晚间则用电脑抄录刊物上旧日记。

晚去北面复印苏民生和"螺君"，苏的稿子似已够数。

抄《新东方》内吟梅山馆《庚子国变日记》，得一千字。

三月三十日　周五　大风

寄出第三批复印件，二百余篇，如释重负。

吟梅山馆日记抄毕，得一万四千六百五十五字。

六月四日　周一　晴

晓春回忆按院胡同东屋住过的小豁嘴三口子，妈妈长得好看，脾性也极和善，我怎么忘了还有这么一家人呢。世间颇有些事情怪怪的，对还是错？对，为什么不让说；错，为什么不承认。

晚上将《玲珑文抄》校样文字部分看完，只在《吴宓曾住按院胡同》后面加了一段。明天给图片写说明，后天可寄出。

收陆灏信，上周来京住了两天，本欲邀我和韦力聚聚，称韦力染疾未愈就算了。

六月十九日　周二　晴

张回电话，稿件里批评的语气太重，不宜于目下刊出。

方晓电话,要韦力电话,想采访他对过云楼事件的看法。

查"丈夫拥书万卷,何假南面百城"出处,原载《魏书·逸士李谧传》。

八月二十五日　周六　晴

中午于宴香阁全家聚餐。此地即积水潭,北京城西北角不是直角,缺的这块就是打积水潭这儿开始的。

承汇送我一台三星手机,他说我说过喜欢翻盖手机的话。

下午想起给王燕来打个电话,《良友》画报复制本出版了。

九月六日　周四　多云

上午上网,许多关于黄裳的消息。南都记者来电话问我韦力的电话,想采访他谈谈黄裳和古书。我说你也可以采访孟宪钧,孟见过黄裳,而且也懂古书。

九月二十一日　周五　晴

五点半到北平楼,于散座傻等,其实"注注"已定好了包间。满满一桌子人,胡同也来了。高卧说为给他的书写序让我挨了骂于心不忍,我说姜德明说好止庵说好就够了,骂我的人哪一个是有点儿出息样的。

世文说了些黄裳追思会上的见闻及小精装下面还有谁谁谁。

凉菜全是我点的,很好吃。

走着回家的,从北洼路拐西八里庄路,于桥头买水果,很重的提回来。

十月一日　周一　晴

中午埃米在新大都"鸭王"请饭。今天的组合很特别,我家三口,晓红三口,埃米万乐,姥姥。吃聊均开心。

两点散往回走,姥爷急病,赶紧往医院送。第一拨点滴自五点打到八点,今晚回不去了,请了个护工,我守夜。

抽空回家取了两本书,其一《拟管锥编》,夜里在长椅上看。

陆昕电话,约六号老周家聚。

十月十六日　周二　阴

姥爷今日出院,全家总动员,最担心打车不让放轮椅。

阿姨说不干就不干了,赶紧给家政去电话,马上又雇到一个。这个四川妹子一路上跟我保证了一大堆。

已十五年没穿过西服了,今天在要卖的废品中翻出一件,不凉不热的天气,来来回回跑手续,西服正适宜。

止庵电话,今恢复微博。我跟他讲上微博就要采取"雪夜访戴"的精神,有兴致就写,没兴致就不写。

晚看挪威电影,"什么什么的反叛",十七世纪、宗教、酗酒、驯鹿,等等,牧师的语言很给力。

十月二十日　周六　晴

阿姨电话,姥爷摔了一跤,谁也扶他不动。我马上赶去。似肩膀骨折。只干了四天的四川阿姨提出不干了,而且非结五天的工资不可。只有四天啊,一个人变脸怎能如此之快?

赶紧上家政,正好有个甘肃的愿意来。

十一月十七日　周六　晴

很久没去公园,年票的本钱还没收回来。今终得空去了北海公园。围着琼岛转了半圈。前几天读某书,金代的琼岛无塔,高台之上满是宫殿,地势高,视野远,当时即被称作仙境。

许了多年的愿,今日一偿。我俩进了仿膳。点了肉末烧饼、宫保虾仁、香菇油菜,一百八十四元。盛名之下,其实难副。但总算慕了一次名,虚的。

出北海顺道于景山转了半圈。

十一月二十五日　周日　阴

被昨天的好天气给骗了,以为今天也冷不到哪儿去,就是风大些,殊不知冬天的风就是杀手啊。

到了颐和园,更觉穿少了,空旷之地,风无阻碍。天气不好,门口的牌子显示今天的入园人数仍达两万。

想着乘仿膳的余威再一偿听鹂馆之愿,谁知寂无一人,几个老外于馆外望而却步,我以为是歇业了。上了高台阶进门,空荡荡的大殿,只设一个柜台,服务员的脸色比外面的天气还冷。我问在这儿点菜上哪儿去吃啊,她一指旮儿的一个紧闭的小门。我心想这里是吃饭的地方还是开黑会之地。匆匆看了一眼菜单,简直就是仿膳的翻版,不吃也罢。

下了台阶,于旁边的小院里吃盖浇饭,跟服务员说,这公园里是不是不许生明火?她说是的,所以生意不好。

出园,走到玉澜堂,被拦在道边,称有洋人路过。真够怪的,不就是几个普通的老外吗,你若不拦谁知道是什么要人。听说基辛格这几天在北京,若是能看到他,被拦上一钟头我也情愿。

《佳本爱好者》序

一九三六年三月，鲁迅先生在为《死魂灵百图》所做宣传中说了这样一段话："但只印一千本，且难再版，主意非在贸利，定价竭力从廉。精装本所用纸张极佳，故贵至一倍，且只有一百五十本发售，是特供图书馆和佳本爱好者藏庋的，订购似乎尤应从速也。"

近年常为起书名犯愁，忽然看到鲁迅这段话里的"佳本爱好者"，觉得实在是个好书名，就没有请示他老人家，擅自拿来用了。如果我存有《死魂灵百图》，做个一百五十分之一的幸运者，也许会心安理得些。可是我一直是个买不起"佳本"的佳本旁观者，只剩"爱好"是真实的。读者不要真的拿佳本的标准来要求小集里的货色。

谢兴尧一九四四年曾写有《题目》一文，刊在周作人主编的《艺文杂志》，文章说："凡是喜爱写作的人，大概都感觉到,不是文章难做,而是题目难找,这实在是件困难的事情。""我自己常感觉:发现一个好题目,比碰见一条好材料还要高兴,真是,千军容易得,一将最难求。"谢兴尧还说:"还有古诗里,有许多是无题,后来的文人,一遇着内容干什么一点的,往往以'无题'与'咏史'冠之。"

说起佳本的标准,真是乐山乐水,难求一律。大藏书家周叔弢定有"五好标准":"第一,版刻字体好,等于一个人先天体格强健;第二,纸墨印刷好,等于一个人后天营养得宜;第三,题识好,如同一个人富有才华;第四,收藏印记好,宛如美人薄施脂粉;第五,装潢好,像一个人衣冠整齐。"这样的标准,恐怕能做到的人寥寥无几。

另一位周姓藏书家周越然设定的标准,不仅苛刻而且若达不到还要挨他骂:"对于这种读书不考究版本的人,我可设一比喻。翻刻本或影印本,好比寡妇。至于随便石印本或排印的小册子,简直是下贱的'野鸡'。"越然老这句话太伤众,而且伤害跨了界。

二周的言论说明,凡事皆忌走极端,"爱之深则恨之切",最终受伤害最深的却是自己。周叔弢藏书的归宿稍好,周越然藏书的下场则悲凉得多。

阿英的藏书理念似有更高的标尺,他在遛书摊的时候

(一九三八年)会想起"无国防即无文化。由今视之,无国防且并买书之乐亦不能获得"。阿英也很会享受买到佳本的快乐,"至此亦大约夕阳在山矣,乃携所得书出城,至旅馆稍休。至上海粥店,买活虾一盆,并一菜。晚饭后,略略闲走,即回旅店。灯下翻阅所得,其佳者一气读之,读尽则酣然入梦"。

这里还要说到第四位周姓的人物——周作人,若论他对书籍的爱惜,那是丝毫不逊于周树人的。周作人连报纸破损了也要修补,"而且在收报的人因为折叠糊粘,不免常有破裂,要合订收存,便须得像补钞票似的用薄纸修补"(《邮局送报》)。

佳本爱好者形形色色,有极普通者,也有极不寻常者,革命先烈瞿秋白竟然也是其中一员——"他亦嗜书籍版本,谓在瑞金时,觅获《瑞金县志》一部,系木版孤本,共六册,郑重保存于沙洲坝图书馆中,惜为人借去第五册一本,屡次索取未见还,致缺残一本。退出瑞金时,因不便携带,仍庋其五本于图书馆中,希望国军中有人取去,俾此残本不致绝版。黄昏已近,犹为所爱之孤版秘籍致殷勤也"(黄鲁珍《关于瞿秋白》)。

二〇一四年三月

《北河沿日记》出版说明

琉璃厂十字路口东北角,有块空地,空地上有一棵老槐树,树荫浓茂,遮天蔽日,淘书客在树底下歇脚抽烟吃盒饭。大树后面即海王邨,海王邨里有中国书店总部(俗称"三门"),还有中国书店的一家门店,古书民国书兼售。我的民国旧书旧杂志的原始积累,就是打这两处上道的。时间过去二十多年,一切都变了,不变的是怀念。最初买的几种民国期刊里有一种《艺文杂志》,是两册合订本。虽然这个合订本不是"夹馅合订本"(原版与复印本掺和在一起的合订本),但是上世纪八十年代的装订工艺比之五十年代要差许多,虽然是本好杂志,可是外表实在不讨喜,前几年我终于把它拆了重新装订。

《艺文杂志》由周作人主编,水平之高自不在话下。一九四三年六月出版第一期,到一九四五年四月出了最后一期。它的办公地点"阜成门外北礼士路",后来是北京新华书店总店,我每路过,必生今昔之叹。《艺文杂志》里有三部日记,一部《螺君日记》,一部《朴园日记》,一部《北河沿日记》,我最初阅读的时候就非常喜欢。《螺君日记》已由赵龙江兄编就,收入海豚社"红色系列";《朴园日记》由我编就,也收入"红色系列";如今《北河沿日记》也编成了。这真是巧合,是特别值得高兴的事。

"螺君"即毕树棠,龙江兄已考证确凿。孰不知这个"螺君"困惑了我二十九年,实在没招了,我差点儿愚蠢地准备将"螺君"安到《北河沿日记》作者苏民生名下,也就是说差点儿将《螺君日记》归入《北河沿日记》内,笔名小事,能不慎乎?文人出于各种想法,好用笔名。日据时期,文人原来不使笔名的也被迫使上了,毕树棠即是一例,战前"毕树棠"之名可是常见于名牌文史杂志的。

苏民生(1896年—1988年)与毕树棠(1900年—1983年)乃同时代之人,赖以谋食的处所亦同为北平高等学府,亦一同在日据时期滞留古城。所不同的是,苏民生是本名和"澜沧子"交替使用,似乎不想避讳什么。

关于苏民生的生平,《中国艺术家辞典》是这么介绍的:

苏民生(1896.11—1988.2),白族,字澜沧人。云南剑川人。擅长中国书画鉴赏、美术理论。曾于日本京都大学专攻美术史。历任中法大学教授、北京艺术师范学院资料科主任、中国艺术研究院美术研究所资料员。

七岁入私塾,八岁到湖南衡山三伯父处学习。一九○五年,到长沙铜元局、沅陵县龙泉寺读书。一九○八年,其三伯父逝世后离湖南回乡,继续学业。一九○九年入剑川高等小学。一九一○年入大理省立二中。辛亥革命后,进昆明双塔工业中等专科学校。一九一三年考取留日预备班,入日本高等师范英语系。此时,他对绘画发生兴趣。

一九一九年,入日本京都大学哲学系,专攻美学和美术史, 所画反映云贵高原风貌的小幅钢笔画笔力厚重,创意独特。一九二五年回到北京,在孔德学校讲授西洋美术史,教素描、国文。参加创办中法大学孔德学院,继任该院教授,介绍新兴美术理论及日本对中国美术史的研究;讲授植田寿藏的《近代绘画思潮论》;翻译了法国居友的部分美术论著和福尔的《西洋美术史》。其间,发表了《游居鉴赏录》等美术著作,主编孔德学院《云岗》专刊。先后担任北平师范大学、北平女子师范学院、国立北平艺术学校、燕京大学、辅仁大学等院校美学和美术史讲师。曾作书参加北平艺专书画展。写成《日本重游印象记》。

著作尚有《雄浑的国民精神和六艺》《文艺上的感伤主义和形式主义》《印度·中国·日本美术异同论》《老子美学》《绘事后素论》《论湖北十画家画展》《并行而不相悖——论中西画不应有门户之见》《略论抽象主义》《论钱南园之诗书画》等。与刘亚兰合译《苏联绘画史》。其白话诗、散文、随论个性显明，文笔流畅，极富思想性。如《阜外杂记》《游居摘录》《回忆录渤碣窝诗文集》《榆树馆日记》等。

抗战胜利后，在天津国立体育专科学校任教。中华人民共和国成立后，曾任北京师范学院美术系资料室主任，并讲授《文心雕龙》。后调中国美术研究所任资料组组长。

一九八八年二月辞世，终年九十三岁，安葬于北京八宝山。

收入本编中的十三篇文章选自《舆论周刊》《艺文杂志》《中国文艺》《朔风》，《舆论周刊》出版于一九三七年三月，其他三种均为日本占领北平后所出之文艺刊物。艺术家辞典里没有提及苏民生沦陷时期的任何一篇文章，这也许正是本编的特殊意义。

原打算书名叫《北河沿日记》，以寄托我二十年来的一种情结，后来反复读苏民生的日记，感觉他的日记有别于我们习见的日记，苏的日记很少写具体的年月日，很像是意识流日记，下句不接上句，一脚天一脚地，说是杂记或漫笔更为恰当。苏民生所记多为老北京之风物人情，文中正巧有一篇《燕京漫笔》，用来做书名似乎更为合适（后来编辑说《燕京漫笔》太像当下的书名，所以又改回原来的名字《北河沿日记》）。

苏民生南人北居，入乡随俗，好像并没有什么水土不服，反倒是他对北京的观察比之土生土长的北京人更为深入更为细腻。他能从"室中灰尘满积，使人神志颓丧"的消极转化为积极的北国风光——"北方大陆常为黄尘所充斥，以佐其雄浑鸿蒙之气象，试登西山遥望永定河一带，当知吾言之不谬，杜少陵诗最能表现此种气象"（《榆树馆日记》）。榆树馆，今仍存，名称也没有改。去年岳父大人病重入西直门人民医院，我几乎每天前去探视，必经之路就有榆树馆胡同。

我之所以对苏民生的杂记有大的兴趣，因为苏民生所游所居之地，许多就是我现在经常出没之地，如"曩游八里庄，归途经骆驼庄龙王庙村"（《燕京漫笔》），"八里庄"即我现居地，"骆驼庄"应是"罗道庄"的旧称，离我住地也不远。当然苏所描绘的村落景象今不复存。

没有想到在苏民生的文中还提到了现在时髦的玩意儿"藏书票"——"藏书笺盛行于日本而中国亦渐有模仿之者。为发挥图案画之一种好材料。画题以蠹鱼为最佳，文质彬彬无过于此者"。

苏民生好整洁，于院落花木位置，室内书案陈设，均力求稳当合度，并总结有心得："清早整理屋中散乱的零星对象，整洁以整为基本，整则易洁。"他还有一大段文字评说各地厕所之异同，称赞日本厕所非常清洁"而稍嫌局促"。我觉得如厕之所甚至能影响性格，最可怕的莫过于上海的马桶，苏民生说："江南马桶虽便利放置房中，不得其所，思之令人恶心。"自家人用马桶也许习惯成自然，若你是做客，众目睽睽，仅一帘之隔，其尴尬之状可知。

找到一张上世纪三十年代知堂老人苦雨斋照片，后排右一为苏民生，放到这本小册子里，前辈风流，总算还有一点痕迹罢。

二〇一四年三月二日

　　照片说明:前排左起:沈士远、刘半农、马幼渔、徐祖正、钱
玄同。后排左起:周作人、沈尹默、沈兼士、苏民生

后记

    一本书不能缺了序,后记缺不缺,似乎是两可之事。在我,是不想后记缺席的,因为少了后记,就好比书少了后扉页,有头没尾。我看了当代许多人写的后记,最多的一个词就是"感谢",有一位一连感谢了二十几个人及单位,真有"宁落一村,不落一户"之慨。一书之成,我个人体会,该感谢的只有一个人——向你约稿的编辑。没有约稿,连书都出不成,你感谢谁去?至于你写稿时谁谁鼓励过你,谁谁帮你找过材料,谁谁帮你端茶递水,这些似乎没必要感谢到后记里去吧。

    鲁迅先生是个极端的作家。我注意过鲁迅的后记,他写的书很少有后记,但他翻译的编辑的书很少没有后记。鲁迅的后记亦有极端的例子,那就是篇幅很长或者超长。《朝花夕拾》的后记约七千字,还有若干插图,鲁迅写道:

"我本来并不准备做什么后记,只想寻几张旧画像来做插图,不料目的不达,便变成一面比较,剪贴,一面乱发议论了。那一点文本或作或辍地几乎做了一年,这一点后记也或作或辍地几乎做了两个月。天热如此,汗流浃背,是亦不可以已乎:爰为结。一九二七年七月十一日,写完于广州东堤寓楼之西窗下。"

最为极端的是《准风月谈》的后记,鲁迅写道:"真的且住。写的和剪贴的,也就是自己的和别人的,花了大半夜工夫,恐怕又有八九千字了。这一条尾巴又并不小……还是真的带住罢,写到我的背脊已经觉得有些痛楚的时候了! 一九三四年十月十六夜,鲁迅记于上海。"网络时代,一个夜,一个码字快手,也未见得完得成八十年前鲁迅这一夜的工作量。

二○一四年六月十二日夜于虎尾北窗之下